हिन्द पॉकेट बुक्स

विकल्प

रामकुमार भ्रमर प्रसिद्ध हिन्दी साहित्यकार थे। मूलतः उपन्यासकार के नाते प्रसिद्ध रहे रामकुमार भ्रमर ने साहित्य की हरेक विधा में जमकर कलम चलाई। कहानियाँ, नाटक, व्यंग्य, रिपोर्ताज, यात्रा-विवरण, निबंध, सत्यकथाएँ, संस्मरण, डायरी, जीवनी-अंश, इंटरव्यूज, फिल्म पटकथाएँ, वार्ताएँ, भाषण, बाल-साहित्य, महत्त्वपूर्ण पत्र-व्यवहार, राजनीतिक-वैचारिक दिशादृष्टि आदि विषयों पर उनका विपुल साहित्य आज भी लोकप्रिय है। उनके कई उपन्यासों पर सफल फिल्मों का निर्माण हुआ। उन्होंने स्वयं भी कई फिल्मों की पटकथाएँ लिखी।

विकल्प

रामकुमार भ्रमर

हिन्द पॉकेट बुक्स
पेंगुइन रैंडम हाउस इम्प्रिंट

हिन्द पॉकेट बुक्स

यूएसए | कैनेडा | यूके | आयरलैंड | ऑस्ट्रेलिया
न्यू ज़ीलैंड | भारत | साउथ अफ्रीका | चीन | सिंगापुर

हिन्द पॉकेट बुक्स, पेंगुइन रैंडम हाउस ग्रुप ऑफ़ कम्पनीज़ का हिस्सा है,
जिसका पता global.penguinrandomhouse.com पर मिलेगा

पेंगुइन रैंडम हाउस इंडिया प्रा. लि.,
चौथी मंजिल, कैपिटल टावर -1, एम जी रोड,
गुड़गांव 122 002, हरियाणा, भारत

पेंगुइन
रैंडम हाउस
इंडिया

प्रथम हिन्दी संस्करण हिन्द पॉकेट बुक्स द्वारा 1977 में प्रकाशित
यह हिन्दी संस्करण हिन्द पॉकेट बुक्स में पेंगुइन रैंडम हाउस द्वारा 2022 में प्रकाशित

10 9 8 7 6 5 4 3 2

ISBN 9789353497088
मुद्रकः रेप्रो इंडिया लिमिटेड

www.penguin.co.in

FSC www.fsc.org
MIX
Paper from
responsible sources
FSC® C047271

बासु भट्टाचार्य
और
रिंकी भट्टाचार्य के लिए

लेखकीय

यह नाटक किसी व्याख्या या लेखकीय भाषण का मोहताज नहीं है। यहां मैं जो बात कर रहा हूं, केवल यह कि सामाजिक, राजनीतिक, आर्थिक भटकाव के इस दौर में यदि 'विकल्प' के पात्र अपने-अपने क्षेत्र में हैं तो ऐसे ही पात्र कला, साहित्य और रंग-जगत् में भी हैं। इस नाटक को मंचित करने के पूर्व मुझे पूरा विश्वास है कि वे भी इसके प्रस्तोता वृद्ध-द्वय की तरह सोचेंगे।

नाटक-लेखन में मुझे सुप्रसिद्ध नाट्य-निर्देशक और मेरे अभिन्न मित्र बृजमोहन शाह ने महत्त्वपूर्ण सुझाव दिए। संभवतः शाह के सुझावों के बिना मैं नाटक लिखने की हिम्मत कभी न करता, और मुझे हर्ष है कि शाह से मुझे इस क्षेत्र में आने के लिए प्रोत्साहन और स्नेहल दबाव मिला।

पाठकीय राय हमेशा ही सिर-आंखों लेता रहा हूं।

—रामकुमार भ्रमर

पात्र

वृद्ध-1	:	भाटिया
वृद्ध-2	:	शर्मा
नेता-1	:	भारद्वाज
नेता-2	:	आज़ाद
पत्रकार	:	बंसीलाल
समाज-सुधारिका	:	उमादेवी
छात्र	:	शंकर
छात्र	:	प्रवीर
छात्र	:	दुबे
छात्र	:	विकास
छात्रा	:	वाणी
वेटर	:	गनपतराओ

पहला अंक

विकल्प

मंच : [रंगस्थल के दो हिस्से। दोनों के बीचोबीच खाली स्थान। एक दीवार-सा इम्प्रेशन देता हुआ। एक ओर महंगी सज्जावाला हिस्सा। दूसरी ओर सस्ते होटल का हिस्सा।

महंगी सज्जा वाले हिस्से में—

सोफा। दीवारों पर प्रमुख नेताओं की तसवीरें। आदर्श वाक्य।

होटल वाला हिस्सा—

साधारण टेबल। टेबल के गिर्द पांच कुरसियां। होटल के कुछ वाक्य। यथा, 'आज नकद कल उधार', 'उधार प्रेम की कैंची है', 'साफ कहना, खुश रहना'। दीवारों पर पत्रिकाओं से फिल्म एक्टर-एक्ट्रेसों के काटकर चिपकाए हुए चित्र। सिनेमा का एक फटा पोस्टर, जिसपर कोई रोमांटिक दृश्य है।]

दृश्य : [मंच और दर्शकों के बीच एक काला परदा।

विंग के पीछे से पदचापें और नारे उभरते हैं।]

स्वर-1 : इन्कलाब!

सम्मिलित स्वर : ज़िन्दाबाद!

स्वर-1 : रोटी-रोज़ी दे न सके जो,

सम्मिलित स्वर : वह सरकार निकम्मी है!

स्वर-1 : इन्कलाब! ...

सम्मिलित स्वर : ज़िन्दाबाद!

[मंच पर दाईं ओर से एक वृद्ध और बाईं ओर से दूसरे वृद्ध का प्रवेश। एक के हाथ में छड़ी। दूसरे के हाथ में छाता। एक वृद्ध हाथ में अखबार भी लिए हुए है।]

वृद्ध-1 : ओ-हो, शर्मा बाबू?

वृद्ध-2 : नमस्कार!

वृद्ध-1 : नमस्कार भइया! सुबह-सुबह कहां चले?

वृद्ध-2 : तैलंग साहब के यहां गया था।

वृद्ध-1 : तैलंग साहब के यहां? तो क्या मामला अभी निबटा नहीं है?

वृद्ध-2 : कहां निबटा यार!

वृद्ध-1 : कमाल है! रिटायर हुए दो साल हो गए और पेंशन...

वृद्ध-2 : अब तो लगता है कि मरने के बाद ही मिलेगी। तैलंग बाबू कहते हैं कि फाइल गुप्ता बाबू के पास है। गुप्ता बाबू बताते हैं कि पचौरी बाबू के पास है। पचौरी बाबू का कहना है कि यह डिपार्टमेंट मिस देशपाण्डे का है...और मिस देशपाण्डे...

वृद्ध-1 : बस-बस, समझ गया। मिस देशपाण्डे कह रही होंगी कि फाइल मिल नहीं रही है। यही ना?

वृद्ध-2 : नहीं-नहीं, फाइल तो मिल गई है...

वृद्ध-1 : फिर क्या चक्कर है?

वृद्ध-2 : चक्कर ही तो है। फाइल-कवर मिल गया है, पर कागज़ात...

वृद्ध-1 : नहीं हैं, इसलिए पेंशन भी नहीं है। (हंसता है।)

वृद्ध-2 : (नाराज़ होकर) तुम हंस रहे हो?

वृद्ध-1 : और क्या करूं?

वृद्ध-2 : यह तो रोने की बात है भाई!

वृद्ध-1 : तुम्हारे लिए, मेरे लिए नहीं।

वृद्ध-2 : (गहरी सांस लेता है।)

[विग के पीछे से पुनः नारे]

स्वर-1 : इन्कलाब!

सम्मिलित स्वर : ज़िन्दाबाद!

स्वर-1 : हम पढ़े-लिखे!

सम्मिलित स्वर : बेकार हैं।

[दोनों वृद्ध चकित होकर इधर-उधर देखते हैं, फिर एक-दूसरे को।]

स्वर-1 : इन्कलाब!

सम्मिलित स्वर : ज़िन्दाबाद!...

[शोर]

वृद्ध-1 : सुन रहे हो?

वृद्ध-2 : हां, सुन रहा हूं।

वृद्ध-1 : यह सब क्या हो रहा है?

वृद्ध-2 : जुलूस निकल रहा है।

वृद्ध-1 : कैसा जुलूस?

वृद्ध-2 : जुलूस का रंग पूछ रहे हो? तो सुनो। जुलूस कई रंगों के होते हैं, जैसे ऊन कई रंग की मिलती है। काली, केसरिया, लाल, पीली, सफेद। जिसे जो ऊन पसन्द आती है, स्वेटर बनवाकर पहन लेता है। जिसे जो रंग पसन्द आता है, टोपी लगाकर जुलूस निकालने लगता है।

वृद्ध-1 : मैं जुलूस का रंग नहीं पूछ रहा हूं शर्मा बाबू!

वृद्ध-2 : तब क्या पूछ रहे हो?

वृद्ध-1 : यह पूछ रहा हूं कि जुलूस क्यों निकल रहा है।

वृद्ध-2 : जुलूस किसी भी सिलसिले में निकल सकते

हैं यार! हो सकता है कि कॉलिज के फेल लौंडे पास किए जाने की मांग कर रहे हों। हो सकता है कि फैमिली प्लानिंग का समर्थन किया जा रहा हो। हो सकता है कि विरोध किया जा रहा हो। कुछ भी हो सकता है।

वद्ध-1 : पर ये नारे तो रोटी-रोज़ी वाले हैं भाई!

वृद्ध-2 : हो सकता है कि किसान जुलूस निकाल रहे हों। हो सकता है कि चक्की वाले जुलूस निकाल रहे हों।

वृद्ध-1 : तुम तो बेतुकी बातें करते हो यार!

वृद्ध-2 : तो तुम नारे और जुलूस को आपस में क्यों जोड़ रहे हो?

वृद्ध-1 : क्यों? क्या नारों और जुलूसों का रिश्ता नहीं होता?

वृद्ध-2 : बिलकुल नहीं होता।

वृद्ध-1 : क्यों?

वृद्ध-2 : इसलिए कि जुलूस निकालने वाले अलग होते हैं, नारे लगाने वाले अलग होते हैं।

वृद्ध-1 : यह बेतुकापन है।

वृद्ध-2 : प्रजातन्त्र छन्द-मुक्त होता है, यानी फ्री वर्स।

वृद्ध-1 : तुम प्रजातन्त्र का मज़ाक उड़ा रहे हो।

वृद्ध-2 : नहीं। मैं छन्द-मुक्त कविता पर क्रिटिसिज़्म कर रहा हूं।

वृद्ध-1 : यानी तुम्हें छन्द-मुक्त कविता पसन्द नहीं?

वृद्ध-2 : तुम तो बेकार उलझते हो यार! मैं कम्प-रेटिव स्टडी की बात कर रहा हूं। विरोध नहीं कर रहा हूं। मैं सिर्फ यह कहना चाहता हूं कि जिस तरह छंद-मुक्त यानी फ्री-वर्स कविता कोई भी ऐरा-गैरा पंचकल्यानी लिख लेता है, और हम उसे रोक नहीं सकते, उसी तरह प्रजातन्त्र में यह सुविधा होती है कि आप किसी भी बेतुकी बात को लेकर जुलूस निकालिए, कोई आपको रोक नहीं सकता—सिवाय एमरजेंसी के।

[वृद्ध-1 सोचने लगता है।]

वृद्ध-2 : परेशान हो? समझे नहीं? लो, सिमली देकर समझाता हूं।

वृद्ध-1 : अरे, बस करो यार!

[वृद्ध-2 चौंककर देखता है।]

वृद्ध-2 : क्यों?

वृद्ध-1 : तुम मास्टर थे ना!

वृद्ध-2 : हां, टीचर था। प्राइमरी में।

वृद्ध-1 : तो मेरे पढ़ने की उम्र निकल गई है।

वद्ध-2 : (दर्शकों की ओर मुड़कर स्वगत-कथन) स्साला! ...पी० डब्ल्यू० डी० का क्लर्क! ले-देकर पेंशन क्या पा गया है, समझता है कि ...उंह! (मुड़कर वृद्ध-1 से) जनाब,

आप जानते हैं ना कि डॉक्टर राजेन्द्रप्रसाद अध्यापक ही थे, राधाकृष्णन् भी अध्यापक थे, ज़ाकिर हुसैन साहब भी...

वृद्ध-1 : अरे छोड़ो! पढ़े-लिखे लोगों की बात मत करो।

[वृद्ध-2 झुंझला जाता है।]

स्वर-1 : इन्कलाब!...

सम्मिलित स्वर : ज़िन्दाबाद!

वृद्ध-1 : सुनते हो, नारे ज़ोर पकड़ रहे हैं...

वृद्ध-2 : पकड़ने दो। इस देश में सब चलता है।

वृद्ध-1 : क्या मतलब?

वृद्ध-2 : मतलब यह कि इस देश में कविता के कारण भी कवि चलता है, कवि के कारण भी कविता चलती है। अकसर यही पता नहीं चलता कि कौन किसके कारण चल रहा है। जुलूस और नारों का भी यही हाल है।

वद्ध-1 : मतलब?

वृद्ध-2 : मतलब यह कि जुलूस के पीछे कारण है या जुलूस सिर्फ जुलूस के लिए है, पता नहीं चलता।

वृद्ध-1 : तुम कहना क्या चाहते हो?

वृद्ध-2 : (तुनककर) फिर तुम कहोगे कि मास्टरों जैसी बात करता हूं!

वृद्ध-1 : नहीं कहूंगा। बतलाओ।

वृद्ध-2 : तो सुनो। जुलूस एक फिलॉसफिकल मामला है। इसमें हम न उलझें, यही हमारे हित में है।

वृद्ध-1 : यानी कौन किसके कारण है—समझना कठिन है?

वृद्ध-2 : हां।

वृद्ध-1 : पर सृष्टि का नियम है कि बिना कारण कुछ नहीं होता।

वृद्ध-2 : तरक्की ने सारे पुराने आइडियाज़ बिना पेंशन रिटायर कर दिए हैं।

वृद्ध-1 : यानी?

वृद्ध-2 : यानी सब गोलमाल है। सब कनफ्यूज़न। क्या तुम अखबार नहीं पढ़ते?

वृद्ध-1 : (दर्शकों की ओर—स्वगत-कथन) दवाइयों के नुस्खे पढ़ने से वक्त मिले, तब ना। (वृद्ध-2 से) हां, पढ़ता हूं।

वृद्ध-2 : तो बतलाओ, अखबार किसलिए पढ़ा जाता है?

वृद्ध-1 : मैं ज्ञानार्जन के लिए पढ़ता हूं। बड़ी बेटी सिनेमा के इश्तहारों के लिए पढ़ती है। छोटा बेटा टी० वी० प्रोग्राम देखने के लिए पढ़ता है। बहू लॉटरी का रिज़ल्ट देखने के लिए पढ़ती है...

वृद्ध-2 : बस करो। देखता हूं, कैसा ज्ञानार्जन किया है

तुमने?

वृद्ध-1 : पूछो, क्या पूछना चाहते हो? (अकड़कर खड़ा है।)

वृद्ध-2 : बतलाओ, लाल रंग सही है या केसरिया?

[वृद्ध-1 सोचने लगता है।]

वृद्ध-2 : पड़ गए ना चक्कर में! तय नहीं कर पाए?

वृद्ध-1 : (लाचारी में सिर स्वीकारात्मक ढंग से हिलाकर) हां।

वृद्ध-2 : अखबार सब रंगों के पाए जाते हैं—ठीक उसी तरह, जिस तरह अलग-अलग मुवक्किलों के अलग-अलग वकील होते हैं, अलग-अलग तरह केस प्लीड करते हैं।

वृद्ध-1 : मेरी राय में तो वकील-वकील एक-से, रंग-रंग एक-से। नाम तो रंग ही हुआ ना!

वद्ध-2 : ठीक है, पर हर बदन पर आदमी अपनी मरज़ी से रंग चुनता है कि कौन-सा सूट करेगा, कौन-सा नहीं। (दर्शकों की ओर मुड़कर स्वगत-कथन) वैसे रिटायर होने के बाद अकसर रंगों की पहचान खत्म हो जाती है। जिस रंग का सूट बहू-बेटे सिलवा दें वही सूट करने लगता है।

[वृद्ध-1 विचारमग्न है।]

वृद्ध-2 : हो गए कनफ्यूज़! इसीलिए कहता हूं भइया, कि सब गोलमाल है। यहां तक कि ताजमहल

शाहजहां ने बनवाया था या किन्हीं ठाकुर साहब ने—तय नहीं। यह भी कि लाल रंग सही है या केसरिया—तय नहीं। और यह भी कनफ्यूज़न है कि जुलूस सही है या कारण। ...क्या सही है—क्या गलत। सब गोलमाल।

वृद्ध-1 : मेरी समझ में तो कुछ भी नहीं आता शर्मा बाबू!

वृद्ध-2 : समझाऊं?

वृद्ध-1 : (दर्शकों की ओर स्वगत-कथन) इसके पढ़ाए हुए लड़के तो अब तक तीन दूनी आठ कर रहे हैं, मुझे समझाएगा! (वृद्ध-2 की ओर मुड़कर) खैर, तुम समझाओ।

वद्ध-2 : मैं सवाल करूंगा, तुम जवाब देना। इस बीच समझ जाओगे। ठीक?

वृद्ध-1 : ठीक।

वृद्ध-2 : मुर्गी देखी है तुमने?

वृद्ध-1 : (दर्शकों की ओर—स्वगत-कथन) लीजिए, सुनिए! (वृद्ध-2 की ओर मुड़कर) खूब देखी हैं, पर पेंशन से पहले। इन दिनों लड़का मुर्गी देखता है, मैं दड़बा देखता हूं।

वृद्ध-2 : मज़ाक मत करो।

वृद्ध-1 : लो, सीरियस हो गए!

वद्ध-2 : अण्डे देखे हैं?

वृद्ध-1 : देखे ही नहीं हैं, खाए हैं जनाब! मगर पेंशन

से पहले। ब्रिटिश पीरियड में। ब्वॉयल्ड, कच्चा , आमलेट...

वृद्ध-2 : मैं तुमसे मीनू नहीं पूछ रहा हूं। (दर्शकों की ओर—स्वगत-कथन) मालूम नहीं, कम्बख्त पी० डब्ल्यू० डी० में बाबू था या रीगल होटल में वेटर। (वृद्ध-1 से) सवालों का जवाब ठीक तरह दो, वरना जुलूस का अर्थ कभी नहीं समझ सकोगे।

वद्ध-1 : अच्छा -अच्छा ...

वृद्ध-2 : तो बतलाओ, अण्डे के लिए मुर्गी होती है या मुर्गी के लिए अण्डा ?

वृद्ध-1 : यह तो बड़ा गुत्थी वाला मामला है।

वृद्ध-2 : (हंसकर) तो समझ लो कि जुलूस और कारण भी कुछ ऐसे ही हैं। यानी जुलूस के लिए कारण है या कारण के लिए जुलूस—तय नहीं।

वृद्ध-1 : इसका मतलब है कि यह जुलूस...

[नारे पुनः तेज़ हो जाते हैं। सहसा फायरिंग की आवाज़ आती है। दोनों वृद्ध घबरा जाते हैं। स्टेज के दाईं ओर से निकलकर कुछ लोग बाईं ओर भागे चले जाते हैं। उनके पीछे दो सिपाही। घबराए हुए वृद्ध सिकुड़कर एक ओर खड़े हो जाते हैं—भयभीत।]

वृद्ध-1 : यह क्या हो रहा है शर्मा बाबू?

वृद्ध-2 : जुलूस, यानी क्रियावाद।

वृद्ध-1 : और यह, जो जुलूस के बाद हुआ है?

वृद्ध-2 : प्रतिक्रियावाद।

[स्टेज पर दाईं ओर से एक घायल युवक का प्रवेश। वह अपना लहूलुहान सीना थामे हुए लड़खड़ाता हुआ स्टेज के बीचोबीच आता है और कराहता हुआ दम तोड़ देता है।]

वृद्ध-1 : शायद मर गया।

वृद्ध-2 : हां- अं...शायद।

वृद्ध-1 : बेचारा...

[विरोधी नेता का प्रवेश। गम्भीर भाव से लाश के चारों ओर चक्कर खाता है। आवाज़ें खत्म हो चुकी हैं।]

नेता : (गहरी सांस खींचकर) इसकी शहादत ज़रूर रंग लाएगी।...

वृद्ध-1 : (वृद्ध-2 से) कौन-सा रंग है इसका?

वृद्ध-2 : इसीसे पूछें?

वृद्ध-1 : पूछो।

[दोनों नेता के पास पहुंचते हैं।]

वृद्ध-1 : आप किस रंग के हैं श्रीमानजी?

नेता : पहले सफेद था, फिर केसरिया हुआ, इन दिनों अपने ही रंग में चल रहा हूं—

वृद्ध-1 : वाह साहब! बड़ी खुशी हुई आपके दर्शन करके।

वृद्ध-2 : आप तो बिलकुल इन्द्रधनुष हैं साहब! ...

नेता : धन्यवाद।

वृद्ध-1 : (मृत युवक की ओर संकेत कर) और यह कौन है?

नेता : यह? ...यह वह है, जिसने इस व्यवस्था को बदलने के लिए शहादत दी है।

वृद्ध-2 : कौन था यह?

नेता : साठ करोड़ में से एक।

वृद्ध-2 : यानी जुलूस में...

नेता : जी हां। यह जुलूस में था। एक महान व्यक्ति, अनाम शहीद, जिसने सचाई के लिए जीवनदान किया।

वृद्ध-2 : क्या करता था यह?

नेता : कुछ लोग कह रहे हैं, यह दुकान लूट रहा था; पर नहीं, मैं कहता हूं कि यह कुछ करना चाहता था। यही मांग लेकर गया था। पुलिस ने गोली चलाई और...

वृद्ध-1 : क्या मांग थी इसकी?

नेता : इसकी मांग थी कि रोज़ी चाहिए, रोटी चाहिए, काम चाहिए। यह पढ़ा-लिखा बेरोज़गार था। इसकी तरह के हज़ारों बेरोज़गार थे, जो मेरे नेतृत्व में चले थे...

वद्ध-2 : आपके नेतृत्व में क्यों?

नेता : इसलिए कि मैं इनके लिए लड़ सकता हूं। मैं

विरोधी हूं। मुझे कुरसी नहीं चाहिए।

वृद्ध-1 : तब क्या चाहिए आपको?

नेता : कुछ नहीं।

वृद्ध-1 : (वृद्ध-2 से) क्या सचमुच?

[वृद्ध-2 व्यंग्य से मुंह बिचकाकर कन्धे हिलाता है। पत्रकार का प्रवेश।]

पत्रकार : ओहो! ...यह तो मर गया! फ्लैश न्यूज़!

[दोनों वृद्ध एक ओर जा खड़े होते हैं।]

नेता : यह नहीं मरा है पत्रकार, सचाई ज़िन्दा हो गई है। अब यह साबित हो गया है कि दमन और गोलीबारी से असन्तोष थमेगा नहीं।

[पत्रकार जल्दी-जल्दी डायरी में नोट करता जाता है।]

नेता : इसकी शहादत रंग लाएगी। जनता की आंखें खुल जानी चाहिए कि उसका क्या कर्तव्य है। अब क्रांति का वक्त आ चुका है।

पत्रकार : (नोट करते हुए बड़बड़ाता है) क्रांति का वक्त...

नेता : इसकी मृत्यु की न्यायिक जांच होनी चाहिए। अब जनता बतला देगी कि कौन लायक है, कौन नालायक...

पत्रकार : ना...ला...यक्!

नेता : मैं इस महान क्रांतिकारी के आगे नतमस्तक हूं। (झुककर घुटनों के बल बैठ जाता है।

जैसे ही उठने को होता है, वैसे ही पत्रकार कन्धे पर लटका कैमरा उतारते हुए)

पत्रकार : एक मिनट रुकिएगा भारद्वाजजी! (कैमरा सेट करता है) जी, जी। थोड़ा इधर, बस। ...थैंक्यू।

नेता : (उठकर घुटने साफ करता है) इट्स ऑल राइट बंसीलालजी!

[पत्रकार मुसकरा रहा है।]

वृद्ध-1 : (वृद्ध-2 से) मौत और मुसकराहट?

वृद्ध-2 : मालूम नहीं, ये मौत है या मुसकराहट?

पत्रकार : (डायरी खोलकर) इसका नाम क्या था भारद्वाजजी?

नेता : क्रांतिकारियों के नाम नहीं हुआ करते बंसीलालजी!

पत्रकार : मगर न्यूज़ के लिए...

नेता : क्या इतना काफी नहीं है कि जुलूस मैंने आयोजित किया था?

पत्रकार : (खुशामदी ढंग से हंसता है) जी, जी हां। काफी है, वैसे नाम...

नेता : लिख लो—प्रवीण।

वृद्ध-1 : सुना शर्मा बाबू?

वृद्ध-2 : हां, सुना।

वृद्ध-1 : क्या सुना?

वृद्ध-2 : यही कि जुलूस इन्होंने आयोजित किया था।

वृद्ध-1 : यह भी तो हो सकता है कि जुलूस के कारण यह आयोजित हो रहे हों?

वृद्ध-2 : (चौंककर) हं?

वृद्ध-1 : हां। ऐसा भी होता है, बल्कि अकसर ऐसा ही होता है।

[नेता विचारमुद्रा में खड़ा है।]

पत्रकार : क्या सोच रहे हैं भारद्वाजजी?

नेता : सोच रहा हूं भाई, क्या होगा देश का? ... हालात बहुत खराब हैं।

[गहरा निःश्वास। दोनों जाते हैं।

वृद्ध-1 : (जनता की ओर) गए?

वद्ध-2 : हां, गए।

वृद्ध-1 : कितना मज़ेदार नाटक है यह!

वृद्ध-2 : नहीं, नाटक अभी नहीं। नाटक तो अब शुरू होगा।

वद्ध-1 : तो देर क्या है, होने दो!

वृद्ध-2 : हां-अं...वही सोच रहा हूं—कहां से शुरू करूं? क्रियावाद से या प्रतिक्रियावाद से?

वद्ध-1 : दोनों से ही होने दो।

वृद्ध-2 : ठीक है।

वृद्ध-1 : पर यह लाश? ... इसे कौन ढोएगा?

वृद्ध-2 : चलो, इसे ढोने वालों से कहें।

वृद्ध-1 : चलो।

[दोनों जाते हैं। एक पल के लिए लाइट

बन्द होती है। इस बीच मंच-सज्जा और दर्शकों के बीच वाला परदा उठा लिया जाता है। लाश हटा दी जाती है। महंगी सज्जा वाले हिस्से में प्रकाश। क्रमशः दोनों वृद्ध घूमते हैं, फिर सस्ते हिस्से की ओर पहुंचते हैं।]

वृद्ध-1 : क्या ढूंढ़ रहे हो यार?

वृद्ध-2 : लाश ढोने वालों को ढूंढ़ रहा हूं।

[दोनों घूमते हुए महंगी सज्जा वाले हिस्से में ठहरते हैं।]

वृद्ध-1 : यहां क्यों रुक गए?

वृद्ध-2 : (महंगे हिस्से में झांकते हुए) कुछ ढोने वाले यहीं रहते हैं।

वद्ध-1 : मगर यह मकान तो किसी नेता का लगता है। कहीं वह पहले वाले नेता ही तो नहीं?

वृद्ध-2 : नहीं। यह मकान सत्ताधारी नेता का है— आज़ाद साहब! पहले वाला विरोधी था।

वद्ध-1 : (आश्चर्य से) इसका मतलब है कि इस लाश को विरोधी और सत्ताधारी साथ साथ ढोएंगे?

वृद्ध-2 : हां।

वृद्ध-1 : आश्चर्य! (जनता की ओर कन्धे उचकाकर चुप हो जाता है।)

वृद्ध-2 : (स्वगत) अभी तो दीख नहीं रहे हैं!

वृद्ध-1 : आते होंगे।

वृद्ध-2 : (मुड़कर दूसरे हिस्से में जाते हुए) आओ, तब तक दूसरे ढोने वालों को देखें।

[दोनों सस्ते हिस्से की ओर जा पहुंचते हैं। महंगे की रोशनी खत्म हो जाती है।]

वृद्ध-2 : यहां भी कोई नहीं है?

वृद्ध-1 : (झल्लाते हुए) तुम तो बेकार सनक रहे हो यार! यह तो टुटपुंजिया होटल है। यहां शहीद की लाश ढोने वाले कहां से आए?

वृद्ध-2 : तुम नहीं समझोगे। कुछ लाशें होती हैं, जिन्हें एक वर्ग ढोता है, जबकि कुछ लाशें हर वर्ग द्वारा ढोई जाती हैं।

वद्ध-1 : अजीब कनफ्यूज़न है!

वृद्ध-2 : मैंने बतलाया ना, सब कनफ्यूज़न ही तो है।

वृद्ध-1 : मौत भी?

वृद्ध-2 : हां।

[वृद्ध-1 चुप हो जाता है।]

वृद्ध-2 : (मुड़ते हुए) चलो, शायद वह आ गए हों।

[दोनों नेता के कक्ष में पहुंचते हैं। सस्ते हिस्से की रोशनी गुम जाती है। आज़ाद का कमरे में प्रवेश।]

वृद्ध-2 : लो, आ गए।

वृद्ध-1 : तो खबर दो इन्हें।

वृद्ध-2 : अच्छा। (आगे बढ़कर पुकारता है) सुनिए! ...अजी साहब, सुनिए!

[आज़ाद आश्चर्य से इधर-उधर देखता है, जैसे कोई दीख ही नहीं रहा।]

वृद्ध-2 : सुनिए-अं...ऐ नेताजी!

[आज़ाद फिर भी नहीं देखता तो वृद्ध आगे बढ़कर उसके कन्धे पर थपकी देता है।]

वृद्ध-2 : कम सुनते हैं क्या आप?

नेता : कम नहीं सुनता। इग्नोर करता हूं।

वृद्ध-2 : सो क्यों?

नेता : इसलिए कि सुन-सुनकर मेरे कान पक चुके हैं। किस-किसकी सुनूं? व्यापारी, कर्मचारी, अखबार, लाल टोपी, केसरिया टोपी, साला-साली, काका-काकी—किस-किसकी सुनूं? इसलिए इग्नोर करता हूं।

[आज़ाद आराम से सोफा-कुरसी में धंस जाता है।]

वृद्ध-1 : यह शर्माजी हैं। रिटायर्ड हैडमास्टर, प्राथमिक शाला, सराफा बाज़ार...एक ज़रूरी खबर लाए हैं।

नेता : लाए होंगे! अब आदमी की ज़िन्दगी में रह क्या गया है? खबर, एडिटोरियल, सेटायर, कार्टून...फिल्मी लटके...किस-किसको देखें और सुनें-पढ़ें?

वद्ध-1 : (नाराज़ होकर) हमने आपको वोट दिया है। आपको हमारी बात सुननी पड़ेगी।

नेता : (झुंझलाकर) अरे, वोट दिया है तो नोट भी तो लिया है! कोई एहसान किया है? सारी गैरकानूनी चीज़ें कानूनी करवा ली हैं। अब क्या जान लोगे? ...उंह! वोट दिया है- ऐ-ऐ...चले आए!

वृद्ध-1 : आप मुझे रिश्वती कह रहे हैं?

नेता : (उत्तेजित होकर खड़ा हो जाता है) अच्छा माई-बाप! मैं ही हूं रिश्वती। अब जाओ, दो पैसे का अखबार निकालो और खबर छाप दो कि मुरलीधर आज़ाद रिश्वतखोर हैं। अपने-आप मुख्यमंत्री स्टेटमेण्ट देते फिरेंगे। अपना क्या है!

वृद्ध-1 : तो आप नहीं सुनेंगे?

नेता : नहीं सुनेंगे। तुम मुख्यमन्त्री से लिखवा लाओ, फिर भी नहीं सुनेंगे।

वृद्ध-1 : आपकी इच्छा। हम भारद्वाजजी के पास जाते हैं। वह सबकी सुनते हैं।

नेता : (बड़बड़ाता है) अरे, हम भी पहले सबकी सुनते थे यार! सुनने का अपना-अपना वक्त होता है। इलेक्शन टाइम तो है नहीं और अभी से इनकी बातें सुनने लगें! ... उंह!

वृद्ध-1 : चलो शर्माजी! नहीं सुनते तो मत सुनने दो। लाश लेकर जब भारद्वाज इनके पास आएगा, तब...

नेता : (चौंककर) लाश?...कैसी लाश? ... किसकी लाश?...

[दोनों वृद्ध जाने लगते हैं।]

नेता : (रोकते हुए) अरे-रे...सुनो भइया! ऐ दादाजी! ...

[वृद्ध एक-दूसरे की ओर मुसकराकर देखते हैं। रुक जाते हैं।]

नेता : कैसी लाश?... क्या मामला है?

वृद्ध-2 : अब सुनता है! आंखें नचाता है!

वृद्ध-1 : हां, सुनता है।

वृद्ध-2 : तो सुना दूं?

वृद्ध-1 : सुना डालो।

वृद्ध-2 : (नेता की ओर मुड़कर) एक युवक मर गया है।

नेता : तो मुझसे क्या मतलब?

वृद्ध-2 : वह जुलूस में गया था। भारद्वाज के जुलूस में

नेता : (उपेक्षा से) गया होगा!

वृद्ध-2 : वह सरकार से मांग कर रहा था।

नेता : सब मांग ही तो कर रहे हैं। इसमें नया क्या है? (लापरवाही से बैठता है।)

वृद्ध-1 : (वृद्ध-2 से) इसे यह बतलाना होगा कि लड़का इसकी कांस्टीट्वेंसी का था।

वृद्ध-2 : हां। (नेता से) युवक आपको कांस्टीट्वेंसी का था।

नेता : (उठते हुए) मेरी कांस्टीट्वेंसी का था? राम-राम! मुझे बहुत दुःख है। (सोचने लगता है) किस पार्टी का था?

वृद्ध-2 : यह हमें नहीं मालूम।

नेता : (उपेक्षा से) जब पार्टी का पता नहीं, फिर मेरे पास किसलिए आए हो?

वृद्ध-2 : सिर्फ मौत की खबर देने।

नेता : मौत की खबर कोई खबर नहीं होती। खबर पार्टी की होती है।

[दोनों वृद्ध परेशान होकर एक-दूसरे को देखने लगते हैं।]

नेता : (बड़बड़ाता है) युवक मर गया। किस पार्टी का था—यह मालूम नहीं है। उंह! ... चले आते हैं!

वृद्ध-1 : इसे बतलाना होगा कि अगर इसने युवक की लाश न ढोई तो भारद्वाज ढो ले जाएगा। पार्टियां ज़िन्दा लोगों की होती हैं, लाशों की नहीं।

वृद्ध-2 : क्यों, लाशों की पार्टियां क्यों नहीं होतीं?

वृद्ध-1 : इसलिए कि ज़िन्दा लोगों से पार्टीबाज़ी होती है और पार्टीबाज़ी से लाशें होती हैं।

वृद्ध-2 : फिर?

वृद्ध-1 : फिर क्या! बाद में जो पार्टी लाशों को ढंग से ढो ले जाती है, वह सक्सेसफुल मानी जाती है।

वृद्ध-2 : ओह! ...तो इसको यही समझाना चाहिए। (नेता से) सर!

नेता : क्या है?

वृद्ध-2 : खबर है कि उस लाश को भारद्वाजजी ढोने वाले हैं।

नेता : (चौंककर) क्या-अ्?

वृद्ध-1 : जी। भारद्वाज ने एक स्टेटमेंट देकर लाश की ढुलाई का इन्तज़ाम भी कर दिया है।

नेता : अच्छा!...

वृद्ध-2 : और उम्मीद है कि भारद्वाज उसे ढो ले जाएंगे।

नेता : हमारे रहते कैसे ढो ले जाएंगे? ढो के तो देखें! (व्यग्र होकर चहलकदमी करने लगता है — बड़बड़ाते हुए) हमारे रहते कैसे ढोएंगे? हमारी कांस्टीट्वेंसी की लाश है।

वृद्ध-2 : अब यह लाश ढोने पर आमादा है।

वृद्ध-1 : हां, अब लाश ढुलकर रहेगी।

वृद्ध-2 : अब देखना यह है कि कौन इस लाश को ढंग से ढोता है — आज़ाद साहब या भारद्वाज?

वृद्ध-1 : चलो शर्मा बाबू! बाकी लाश ढोने वालों को भी देखें।

वृद्ध-2 : चलो।

[दोनों सस्ते हिस्से में जाते हैं। एक छात्र

बैठा है। छात्र ज़ोर-ज़ोर से टेबल थपथपाता है।

विंग से आवाज़ : आया साब! (होटल के वेटर का प्रवेश)

छात्र : एक सिंगल चाय।

वेटर : ठीक है साब! (जाता है।)

[एक ओर छात्र को गौर से देखते दोनों वृद्ध खड़े हैं।]

वृद्ध-2 : बाकी लोग तो आए नहीं हैं। क्या इसीको खबर दे दें?

वृद्ध-1 : दे दो। बाकी को यह खबर दे देगा।

वृद्ध-2 : (आगे बढ़कर) सुनिए, ऐ मिस्टर!...

छात्र : (चौंककर देखता है। फिर अपनी ओर संकेत करते हुए) मैं?...

वृद्ध-2 : हां, आप।

छात्र : (पहले आराम से सिगरेट जलाता है) फरमाइए बुजुर्गवार?

वृद्ध-2 : आपके लिए एक खबर ...

छात्र : (सिगरेट का धुआं इधर-उधर फेंकते हुए) चाय पिएंगे?

वृद्ध-2 : मेरी बात...

छात्र : (विंग में आवाज़ देता है) अब गनपतराओ, एक नहीं, दो सिंगल चाय लाना बेटे! एक रिटायर्ड बुजुर्ग आ पहुंचे हैं... (मुड़कर) फरमाइए?

वृद्ध-2 : तीन मंगाना भाई!

छात्र : (वृद्ध 1 को घूरता है) आप भी...

वृद्ध-1 : हां, मैं भी रिटायर ही हूं। इन्हींके साथ ...

छात्र : पूछसकताहूं, पहलेआपकिसडिपार्टमेंटमेंथे?

वृद्ध-1 : पी० डब्ल्यू० डी०।

छात्र : फिर तो ठीक है। (विंग की ओर) गन-पत, अब दो नहीं—तीन। बोलिए!

वृद्ध-2 : आपका एक दोस्त मर गया है।

छात्र : कहां?

वृद्ध-2 : चौराहे पर।

छात्र : लड़की चौराहे पर थी? बेवकूफ! ... उसे इतनी भी अक्ल नहीं पाई कि पब्लिक प्लेस मरने की जगह नहीं होती! गलियों में मरना कहीं ज़्यादा सेफ रहता है...गधा कहीं का!

वृद्ध-2 : (झुंझलाकर) गणेश कहो बरखुरदार!

छात्र : जी? गधा तो एक वेलनोन गाली है। मोस्ट पॉपुलर! लाइक ए फिल्मस्टार!

वृद्ध-2 : पर रिकग्नाइज्ड गाली नहीं है।

छात्र : (आश्चर्य से) मैं समझा नहीं!

वृद्ध-2 : तो समझिए। पहले टेक्स्ट बुक में 'ग' गणेश का होता था ना?

छात्र : जी हां।

वृद्ध-2 : और अब टेक्स्ट बुक में 'ग' गधे का होता है।

छात्र : क्या मतलब?

वृद्ध-2 : इसमें समझने को क्या है? सीधी-सी बात है—न्यूली अपॉइण्टेड गधा ऐजुशन में रिकग्राइज़ हो गया, जबकि गणेश रिटायर हो गया—जस्ट लाइक मी।

वृद्ध-1 : (दर्शकों की ओर) मगर गणेश को पेंशन नहीं मिली है।

छात्र : जी।

वृद्ध-2 : तो इस हालत में जिस तरह कभी गधा बेकार था, उसकी जगह आ गया गणेश। और तब गाली क्या कहलाएगी?... गणेश ना?

छात्र : हां, हुई तो। मगर गणेश का उपयोग इस ढंग से करना हो तो उसके साथ गोबर एसेंशियल है। दिस कॉम्बिनेशन इज़ ए मस्ट।

वृद्ध-2 : खैर, इस सबको छोड़ो। ज़रूरी नहीं है कि गोबर किसी खास जगह मस्ट हो। वह दिमाग से भी सम्बन्ध रखता है। अब हम लोग असली मुद्दे पर आएं...

छात्र : हां, ज़रा जल्दी ही आइए। मुझे फिल्म देखने जाना है। आपने 'हवस' देखी है? ... 'ए' फिल्म है।

वृद्ध-1 : देखी नहीं है, पर आपको देखकर समझ रहे हैं—कैसी होगी।

वृद्ध-2 : हां, तो बात आपके दोस्त के मर जाने की हो

रही थी।

छात्र : पूरा ब्योरा दीजिए। लड़की किस साइड से आ रही थी? साइकल पर थी या पैदल? .. और अपना यार...

वृद्ध-2 : ऐसा कुछ भी नहीं हुआ। लड़की की जगह गोली आई और...

छात्र : और वह स्साला मर गया! ... (ज़ोर से हंसता है) पागल था! इतना भी नहीं समझता कि आजकल की लड़कियां गोली नहीं रहीं, हैंडग्रेनेड हो गई हैं। प्रांख मूंदकर फेंक दीजिए, पूरा बाज़ार उड़ जाएगा।...लाइक ए मिसाइल अटैक!

वृद्ध-2 : (झुंझलाकर) वह सचमुच मर गया है।

छात्र : यह तो और बड़ी बेवकूफी है स्साले की। किसी लड़की पर इतना सीरियसली मर जाने में क्या तुक है?

वृद्ध-2 : समझने की कोशिश करो बेटा!

छात्र : मुझे बेटा मत कहिए।

वृद्ध-2 : क्यों?

छात्र : मेरे फादर रिटायर होने के पहले ही...

वृद्ध-2 : (दर्शकों की ओर मुड़कर) किस कदर बदतमीज़ है! (छात्र से) आपको कैसे समझाया जाए?

छात्र : छोड़िए जनाब! मैं बड़ों-बड़ों को समझ चुका

हूं। (अकड़कर खड़ा हो जाता है।)

वृद्ध-1 : (आगे बढ़कर—वृद्ध-2 को हाथ से एक ओर करते हुए) आप रुकिए शर्मा बाबू! इसे मैं समझाता हूं।

[छात्र के सामने अकड़कर खड़ा हो जाता है।]

वृद्ध-1 : क्या नाम है आपका?

छात्र : विकास।

वृद्ध-1 : आपको और विकसित करूं?

छात्र : (सहमकर) अब तो मेरी इच्छा संक्षिप्त होने को हो रही है।

वृद्ध-1 : तो बात ध्यान देकर सुनिए-समझिए।

छात्र : (बैठकर) जी, फरमाइए?

वृद्ध-1 : आपका दोस्त मर गया है। उसका नाम प्रवीर था। उसे गोली लग गई थी, क्योंकि वह जुलूस में गया था।...अब समझ में आया आपको?

विकास : (चौंककर) क्या-अ्? प्रवीर मर गया! ... ओह, मेरा दोस्त! मेरा भाई!

[माथा थामकर नाटकीय ढंग से बैठ जाता है।

दोनों वृद्ध अचरज से एक-दूसरे का चेहरा देखते हैं।]

विकास : (रोते-बड़बड़ाते हुए) अरे भइया प्रवीर,

तुझसे किसने कहा था कि एजिटेशन में जाना? तू क्यों गया था वहां?...ओह-हो-हो-हो...

[दोनों वृद्ध परस्पर संकेत कर अलग हो जाते हैं।]

वृद्ध-1 : यह सचमुच रो रहा है क्या?

वृद्ध-2 : इस चक्कर में मत पड़ो भाटिया बाबू! हम यहां सिर्फ इसलिए हैं कि खबर दें और खबर लें।

वद्ध-1 : मगर अब तो काम हो चुका। खबर देनी थी, दे दी। अब तो नाटक शुरू करो।

वृद्ध-2 : जैसी तुम्हारी इच्छा।

[दोनों वृद्ध अलग दिशाओं में चलकर स्टेज के कोने में जा खड़े होते हैं।]

विकास : (एकाएक रोना बन्द करके) अबे गनपत-राओ!

विंग से आवाज़ : आया साब!

विकास : मेरा ऑर्डर?

विंग से आवाज़ : लाया साब!

विकास : (टेबल थपथपाते हुए)

ओ मनचली-ई—

कहां चली?

ओ मनचली-ई—

कहां चली?

[वेटर का प्रवेश। तीन प्याले ट्रे में हैं।]

विकास : ला, रख।

वेटर : तीनों? ...ये किसके लिए हैं साब?

विकास : अरे, वे बूढ़े तो चले ही गए!

[भारद्वाज का प्रवेश]

विकास : (स्वागत करते हुए) आइए-पाइए... (वेटर से) एक यहां छोड़ जा और तीसरा तू...

[वेटर दो प्याले रखने को होता है।]

भारद्वाज : अरे, नहीं-नहीं भाई! मैं ये चाय-कॉफी नहीं लेता...

विकास : क्यों, दूध पीते हैं क्या?

भारद्वाज : (हंसकर) भइया, विरोधी दल का आदमी हूं। दूध कहां से पियूंगा? (वेटर से) ले जा।

[वेटर शेष दोनों प्याले वापस ले जाता है।]

विकास : (सिप लेता हुआ) कैसे आना हुआ?

भारद्वाज : (बैठता हुआ) तुम्हें तो मालूम हो ही गया होगा कि प्रवीर...

विकास : (गहरी सांस) हां, वह मारा गया। मेरा गहरा दोस्त था; पर क्या किया जा सकता है...

भारद्वाज : हां भाई, क्या किया जा सकता था? सुना है कि उसकी मां विडो है और वह उसका इकलौता...

विकास : (प्याला खाली करता हुआ) जी हां...

भारद्वाज : बुरा हुआ।

विकास : छोड़िए उसे। मेरे पास किसलिए आना हुआ?

भारद्वाज : तुमसे कुछ जानकारी चाहिए। उसी लड़के के बारे में।

विकास : क्यों?

भारद्वाज : बात यह है कि आज या कल में एक शोक-सभा रख रहे हैं। उसमें कुछ तो बोलना होगा ना! आफ्टर ऑल प्रवीर देश का नागरिक था। फिर उसने एक क्रांतिकारी काम भी किया था।

विकास : (सिगरेट सुलगाता हुआ) जी हां, जी हां।

भारद्वाज : और उसकी कोई तसवीर मिल जाए तो...

विकास : वह भी हो जाएगा, पर...एक गड़बड़ है। मेरे पास एक ही कॉपी है। एनलार्जमेंट करवाना होगा।

भारद्वाज : करवा लो। (जेब में हाथ डालते हुए) कितना खर्च आएगा?

विकास : यही कोई पचासेक रुपये। मंच पर कम से कम तीन बाई डेढ़ की तसवीर तो लगेगी ही।

भारद्वाज : हां-हां, वह तो ज़रूरी है। (नोट देते हुए) लो...

विकास : (गिनकर जेब में रखता है) ठीक है।

भारद्वाज : यार, एक बन्दोबस्त और हो जाए तो काम बने।

विकास : क्या?

भारद्वाज : शहीद पर एक कविता भी पढ़ी जानी चाहिए। कैसा रहेगा?

विकास : आइडिया ज़ोरदार है। यह भी हो जाएगा, पर...

भारद्वाज : पर क्या?

विकास : उसमें भी कुछ खर्च आएगा भारद्वाजजी! वह जो कवि हैं ना—कंचनजी—वह बिना पारिश्रमिक के नहीं लिखते।

भारद्वाज : लिखना भी नहीं चाहिए। क्यों लिखे साहब? शोषण नहीं होना चाहिए। आप तो जानते ही हैं कि मैं शोषण के विरुद्ध हूं।

विकास : जी, बिलकुल। वैसे कंचनजी लिखेंगे ज़ोरदार। आपको तो मालूम ही है कि उन्होंने वक्त-वक्त पर कितना ज़ोरदार लिखा है। नेहरूजी मरे, तब कविता लिखी। गांधीजी मरे, तब भी लिखी थी। फिर शास्त्रीजी की डेथ पर...बहुत बढ़िया लिखा था। अभी फैमिली प्लानिंग पर भी लिखा है—'दो पर सब्र करो, देश की पीड़ा हरो'।

भारद्वाज : वाह-वाह! .. बस, कुछ ऐसी ही सेंटीमेंटल चीज़ हो। जनता के दिल में आग लग जाए।

विकास : लग जाएगी साहब, ज़रूर लग जाएगी। वह आप मुझपर छोड़ दीजिए। वैसे यह अपने लिए अच्छा ही है कि कंचनजी इन दिनों सरकार से नाराज़ हैं।

भारद्वाज : वह क्यों?

विकास : सरकार उन्हें पोएट नहीं मान रही है...

भारद्वाज : सरकार के न मानने से क्या होता है जी! हम तो मानते हैं। खैर, तो उनसे लिखवाइए। और... (जेब से पन्द्रह रुपये निकालकर विकास को देता है।) ये पन्द्रह रुपये उन्हें मेरी ओर से भेंट कीजिए। मेरी पॉलिसी है कि मैं बुद्धिजीवियों की उपेक्षा नहीं सह सकता। उनसे देश बनते हैं। वे डेमोक्रेसी की पहली शर्त हैं।

विकास : जी हां, जी हां। (रुपये रख लेता है।)

भारद्वाज : तो मैं चलूं? ... यह सब काम शाम तक...

विकास : अजी, आप निश्चिन्त हो जाइए...समझिए, काम हो गया।

[भारद्वाज जाता है। दोनों वृद्ध आसपास आते हैं।]

वृद्ध-1 : इसका मतलब है कि...

वद्ध-2 : लाश ढोने लगे।

वृद्ध-1 : अजीब तमाशा है...

वृद्ध-2 : तमाशा यह नहीं है, इधर है...

[दोनों महंगे कक्ष की ओर जाते हैं। सस्ते की लाइट ऑफ हो जाती है। आज़ाद फोन कर रहे हैं।]

आज़ाद : (रिसीवर कान से लगाए हुए) हैलो! ... यूनिवर्सिटी यूनियन?... हां-हां। बुल्ले बाबू हैं?...जी-ई-ई...? हां, बुल्ले बाबू यानी बलरामजी? हं?...हां-हां, वही। हां, तो ज़रा बुला दीजिए...कहिए, आज़ाद साहब का फोन है। मुरलीधर आज़ाद।...अच्छा - अच्छा...नमस्कार, बुला दीजिए उन्हें। धन्यवाद! ...

[एक पल प्रतीक्षा करता है—रिसीवर कान से लगाए हुए]

वृद्ध-1 : यह क्या कर रहा है?

बद्ध-2 : अभी मालूम हो जाएगा।

आजाद : हां। ...कौन? ... बुल्ले?...हां, भइया! मैं ही हूं। कैसे हो? अच्छा-अच्छा! नमस्कार। बात यह थी कि वह प्रवीर... हां-हां, वही यार, जिसे भारद्वाज ने मरवा दिया?... हां, वही। सुना है कि भारद्वाज उसके लिए एक शोक-सभा रख रहा है?...हां। (कुछ रुककर) हां-हां, अपुन को भी तो कुछ न कुछ करना पड़ेगा। हां, बिलकुल करना पड़ेगा... (सोचते हुए) तो...तो ऐसा करो।

तुम भी एक शोक-सभा रख लो। हां, ठीक उसी वक्त रख लो।...वह पांच बजे शाम को करेगा? अच्छा, तो तुम भी पांच बजे शाम को रख लो...पार्टी-ऑफिस में खबर दे देना आदमी आने चाहिए हां-हां, ठीक है। अच्छा-अच्छा, नमस्कार।...

[रिसीवर रखता है। निश्चिन्त होकर चहलकदमी करने लगता है। बंसीलाल और उमा प्रवेश करते हैं।]

आज़ाद : आइए, आइए!

[कुछ संकोच के साथ नमस्कार करते हुए बंसीलाल और उमा बैठते हैं।

बंसीलाल : अब जान में जान आई है।

आज़ाद : क्या हुआ?

बंसीलाल : यह पूछिए कि क्या नहीं हुआ! (उमा की ओर देखकर) मीटिंग में कुछ लोग उठ खड़े हुए और उमाजी को तंग कर डाला।

आज़ाद : क्या बात थी उमाजी? कैसी मीटिंग?

उमा : आज दलित उत्थान संस्थान की मीटिंग थी ना।

आज़ाद : हां-हां, आप तो उसकी प्रेसिडेण्ट हैं?

उमा : जी हां। (झुंझलाते हुए) बड़े अजीब लोग हैं वर्किंग कमेटी में। फील्ड में तो काम करने को कोई तैयार नहीं, और जो लोग काम करते हैं,

उनपर लांछन लगाए जाते हैं।

आज़ाद : पर हुआ क्या?

बंसी : अजी वही विरोधी पार्टी वाले उठ खड़े हुए। बोले कि उमाजी ने इस साल के सोशल इण्टरटेनमेंट के कार्यक्रमों में कम से कम दस हज़ार का घपला किया है। सारी गवर्नमेंट एड डकार ली गई है।

आज़ाद : (चिन्तित होकर) फिर?

बंसीलाल : फिर क्या, उमाजी भी कम थोड़े ही हैं! सोशल लाइफ में ऐसे हज़ारों मौके आए होंगे। बड़ी सफाई से जवाब दिया। बहुमत इनका है ही। वोटिंग में विरोधी उखड़ गए।

आज़ाद : खैर, यह तो होना ही था।

[उमा मुसकराती है।]

बंसीलाल : आज मैं भी अपने अखबार में उन स्सालों की ऐसी खबर लूंगा कि तबीयत साफ हो जाए। सुबह का एडिटोरियल देखिएगा।

[आज़ाद और उमा हंसते हैं।

आज़ाद : अरे, आप अखबार वालों को कौन नहीं जानता भाई! आप लोग ही हैं, जिन्होंने चांद में धब्बा लगाया होगा...

[सम्मिलित हंसी]

बंसीलाल : यह सब तो आपकी कृपा है आज़ाद साहब, वरना हम संघर्षरत पत्रकार हैं किस गिनती

में! आप लोगों की कृपा न हो तो रोटी खाना दूर रहा, हवा खाना मुश्किल हो जाए।

उमा : अरे, नहीं-नहीं बंसी बाबू! आप तो सरस्वती-पुत्र हैं। कलम की मार तलवार की मार से ज़्यादा तीखी होती है...

बंसीलाल : होती होगी उमाजी, पर आप पारखी न हों तो हम जैसे कलम के हीरे अपने ही सीने में कलम भोंककर मर जाएं।

वृद्ध-1 : काश!.. आप ऐसा ही कर सकें।

[वृद्ध-2 संकेत से वृद्ध-1 को चुप रहने के लिए कहता है।]

आज़ाद : न-न भाई! ऐसा मत कहो। पारखी तो जनता होती है।

बंसीलाल : यह कहकर बचिए मत भाई साहब! जनता क्या होती है, कहां है, कैसी है—उससे हमें क्या करना? हम तो आप जैसे जनप्रतिनिधियों से मूल्यांकन पाते हैं। हमें जनता से क्या लेना-देना?

उमा : अरे, छोड़ो जी जनता को! कोकाकोला या बीयर मंगवाओ। मीटिंग हॉल में इतनी गरमी थी कि...

बंसीलाल : जी हां, बहुत गरमी थी...बीयर ठीक रहेगी।

आज़ाद : (उठते हुए) अभी लीजिए...

बंसीलाल : आज़ाद साहब...

आज़ाद : (रुककर) कहिए!

बंसीलाल : मेरे लिए दो बॉटल मंगवाइएगा... (उमाजी की ओर देखकर) बहुत प्यासा हूं।

[उमामुसकराकर सिर झुका लेती है।]

आज़ाद : अजी, आप कहें तो बीयर के नल लगवा दूं! ...दिन-रात पिया कीजिए।

[रोशनी गुम जाती है। दोनों वृद्ध मंच पर हैं।]

वृद्ध-1 : सुना शर्मा बाबू?

वृद्ध-2 : हां, सुना।

वृद्ध-1 : नेताजी बीयर के नल लगवा रहे हैं और एक हम हैं कि साधारण पानी भी नलों में नहीं पा सकते।

वृद्ध-2 : इनसे अपने-आपको मत तोलो यार!

वृद्ध-1 : क्यों?

वृद्ध-2 : इसलिए कि हम जनता में हैं।

वृद्ध-1 : और यह?

वृद्ध-2 : यह जनता में नहीं हैं।

वृद्ध-1 : फिर यह किनमें हैं?

वृद्ध-2 : यह विधानसभा में हैं और जनता इनमें है।

वृद्ध-1 : (स्वगत-कथन—जनता की ओर) यह विधान-सभा में हैं और जनता इनमें है... यह जनता में नहीं हैं...यानी जनता इनमें है... (न समझकर) अजीब घपला है!

वृद्ध-2 : घपला इधर नहीं, इधर है। आओ...

[सस्ते हिस्से का दृश्य। शंकर और दुबे विचारमग्न बैठे हैं। वृद्ध उनके दायें-बायें नासमझ स्थिति में खड़े हो जाते हैं।]

दुबे : शंकर!

शंकर : (लापरवाही से) हूं!

दुबे : कुछ बात करो यार!

शंकर : (सिगरेट सुलगाता है) क्या करूं?

दुबे : कुछ भी।

शंकर : (चिढ़कर देखता है) करूं बात? ...सुन! (फिर जेब से एक पेम्फलेट निकालकर पढ़ना शुरू कर देता है।) जीती-जागती, उमंगों में इठलाती, खुशियों से जवान रगों में इतराती—आप?...लेकिन यदि इनके चेहरे पर इस सबकी झलक न आए तो यह काम दिलरुबा कोल्डक्रीम पर छोड़ दीजिए।

दुबे : यह क्या बकवास है? एम० एस-सी० होकर बेहूदगी?

शंकर : (जेब में पेम्फलेट रखकर) तो दूबे डियर, तुम सुनाओ, जो बकवास न हो।

[दुबे चुप हो जाता है। दोनों वृद्धों में बातें होती हैं।]

वृद्ध-1 : ये कौन हैं?

वृद्ध-2 : सुना नहीं तुमने? एक श्रीयुत् बाबू शंकरलाल

और दूसरे श्रीमान् दुबेजी। दोनों पढ़े लिखे।

वृद्ध-1 : दोनों पढ़े-लिखे हैं, तो यहां क्यों बैठे हैं?

वृद्ध-2 : पूछो इन्हींसे।

[दोनों वृद्ध शंकर और दुबे के पास पहुंचते हैं।

वृद्ध-1 : आप यहां क्या कर रहे हैं?

दुबे : झख मार रहे हैं।

[शंकर वृद्धों को क्रमशः घूरता है।]

वृद्ध-2 : (स्वगत) घर पर नहीं मार सकते थे?

वृद्ध-1 : (शंकर से) और आप?

शंकर : जी, मैं भी झख ही मार रहा हूं।

वृद्ध-2 : (स्वगत) दोनों झख मार रहे हैं? राम भरोसे हिन्दू होटल में झख मार रहे हैं? (मुड़कर) जनाब, आप झख मारने के बजाय इंटरव्यू नहीं दे सकते?

शंकर : (दुबे की ओर संकेत करके) इसने बत्तीस दिए हैं, मैंने चालीस।

वृद्ध-1 : यानी झख मारने से पहले आप इंटरव्यू देते रहे हैं?

दुबे : (गम्भीरतापूर्वक) जी हां; और आजकल दोनों काम साथ-साथ कर रहे हैं।

वृद्ध-2 : धन्य हैं।...

[वृद्ध एक ओर हो जाते हैं। शंकर और दुबे चुपचाप बैठे हैं।]

वृद्ध-2 : शायद इन दोनों को मालूम नहीं कि इनका दोस्त प्रवीर...

वृद्ध-1 : हां, शायद...

वृद्ध-2 : (दोनों को घूरकर) बहुत गंभीर लग रहे हैं... क्या सोच रहे होंगे?

वृद्ध-1 : मालूम नहीं। चलो, उधर देखें।

[दूसरे कक्ष में रोशनी। उमा, पत्रकार और आज़ाद गंभीर भाव से बैठे हैं।]

वृद्ध-2 : ये भी कुछ सोच रहे हैं?

[दोनों वृद्ध दोनों ही कक्षों की ओर आते-जाते हैं।]

वृद्ध-2 : सभी सोच रहे हैं।

वृद्ध-1 : हां।

वृद्ध-2 : क्या इनसे पूछा जाए कि ये क्या सोच रहे हैं?

वृद्ध-1 : आओ, पूछ लें।

[दोनों वृद्ध एक-एक कक्ष की ओर बंट जाते हैं।]

वृद्ध-1 : (चीखकर पूछता है) क्या सोच रहे हैं आप लोग?

आज़ाद : (खड़े होकर) देश के बारे में। हालात के बारे में।

उमा : (खड़े होकर) देश के बारे में। हालात के बारे में।

बंसीलाल : (खड़े होकर) देश के बारे में। हालात के बारे में।

वृद्ध-1 : (कन्धे उचकाकर) कमाल है! सभी देश के बारे में सोच रहे हैं? एक मैं ही हूं, जो राशनकार्ड के बारे में सोच रहा हूं?

वृद्ध-2 : (चीखकर पूछता है) क्या सोच रहे हैं आप लोग?

शंकर : (खड़े होकर) देश के बारे में। हालात के बारे में।

दुबे : (खड़े होकर) देश के बारे में। हालात के बारे में।

वृद्ध-2 : (मुंह बिचकाकर) वाह! तो मैं ही वचा हूं, जो पेंशन के बारे में सोच रहा हूं?

[दोनों वृद्ध किनारे चले जाते हैं। महंगे हिस्से की रोशनी बुझ जाती है।]

दुबे : चुप क्यों हो शंकर?

शंकर : कुछ नहीं।

दुबे : कुछ तो?

शंकर : कहा ना, कुछ नहीं।

[एक पल चुप्पी। शंकर सिगरेट धौंकता रहता है।]

दुबे : तुम वहां गए थे?

शंकर : कहां?

दुबे : वहीं।

शंकर : (झल्लाकर) जगह का नाम भी है या नहीं?

दुबे : (उपेक्षा से) हम लोगों के लिए हर जगह का एक ही नाम है प्यारेलाल! काम मिलने की जगह।

शंकर : तुम शायद एजुकेशन वाले हैड बाबू की बात कर रहे हो?

दुबे : हां, वह चाहे तो तुम्हें ईज़िली मास्टरी दिलवा सकता है। गोविन्द को उसीने दिलवाई है। थर्ड क्लास होते हुए भी चिपकवा दिया। तुम तो यार एम० एस-सी० हो।

शंकर : (व्यंग्य से हंसते हुए) बेशक हूं, पर मुझमें और गोविन्द में फर्क है।

दुबे : क्या?

शंकर : मैं फर्स्ट क्लास हूं, वह थर्ड क्लास है। मेरी जेब में कुछ नहीं है, उसकी जेब में एक हज़ार रुपये हैं।

दुबे : क्या मतलब?

शंकर : मतलब नहीं समझे? समझोगे भी नहीं। बस, इतना समझ लो कि मेरा काम नहीं हुआ। हैड बाबू ने कहा है कि हज़ार रुपया हो तो कुछ बात बन सकती है।

दुबे : उस स्साले ने रिश्वत मांगी तुमसे?

शंकर : (खांसते हुए) नहीं, रिश्वत की राशि बतलाई। कह रहा था कि सलेक्शन में इतना खर्च तो आ ही जाता है। तीनों मेम्बरों में बंटता है।

दुबे : हूं-हूं! हालात बहुत खराब हैं।...

[शंकर ज़ोर-ज़ोर से खांसते हुए हांफने लगता है।]

दुबे : अबे गनपतराओ! एक गिलास पानी ला! ...जल्दी!

[रोशनी गुम हो जाती है।]

वृद्ध-1 : किसके हालात खराब हैं शर्मा बाबू?

वृद्ध-2 : देश के।

वृद्ध-1 : सचमुच?

[महंगे हिस्से में रोशनी]

बंसीलाल : बहुत खराब हालात हैं। प्राज कुछ कॉलिजी छोकरों ने हमारे अखबार के दफ्तर में आग लगाने की कोशिश की।

आज़ाद : (लापरवाही से) क्यों?

बंसीलाल : डिग्रीधारी छात्रों का एक समाचार हम नहीं छाप पाए थे। बस, स्साले जुलूस लेकर चढ़ दौड़े हमारे ऑफिस पर।

आज़ाद : (गहरी सांस लेकर) हं-अं...

बंसीलाल : इन छोकरों के दिमाग आसमान पर चढ़ गए है। न तो सीधे तरीके से बात कर सकते हैं, न सुन सकते हैं।

आजाद : यह बात नहीं है भाई, हमारी नई पीढ़ी फ्रस्ट्रेशन में गिरफ्तार है। बेकारी, परेशानी और संघर्ष ने उन्हें बौखला दिया है। पूरे देश

की यही हालत है। इसमें उन बेचारों का कोई दोष नहीं है।

वद्ध-1 : सत्यम!...

उमा : सच कहते हैं आप। अभी परसों की बात है। मैं रेनबो होटल की उस पार्टी में गई थी, जिसमें सोशल वेलफेयर मिनिस्टर साहब के बच्चे की सालगिरह मनाई गई। हम लोग कम से कम डेढ़ घण्टे नई पीढ़ी के फ्रस्ट्रेशन और क्राइसिस पर बात करते रहे। यह नक्सलिज़्म, जुलूस, लूटपाट, मारपीट— यह सब क्या हो रहा है? इट्स ए कम्पलीट कयास! देश बहुत बुरी हालत से गुज़र रहा है।

वृद्ध-2 : (जनता की ओर) शिवम्! ...

आज़ाद : हां जी, देश बहुत बुरी हालत से गुज़र रहा है, और हमारी समझ में नहीं आता कि इन बच्चों को क्या समझाएं, कैसे समझाए!... और कभी-कभी तो लगता है कि समझाएं भी क्या! ...

वृद्ध-1 : सुन्दरम्! ....

बंसीलाल : सुना है उमाजी, रेनबो में कैबरे बहुत जान-मारू होता है?

उमा : बहुत बढ़िया! 'राजदूत' से बढ़िया कैबरे होता है वहां। असल में वहां जो नई डांसर

आई है...बम्बई से आई है... (नाम याद करने की कोशिश में माथा सहलाते हुए) क्या नाम है उसका...बिलकुल ज़बान पर था, मगर...

आज़ाद : (बीयर का घूंट लेकर) रेहाना।

उमा : हां-अं...रेहाना। शी इज़ वेरी फोर्सफूल!

बंसीलाल : मैंने भी सुना है। उस नई डांसर ने तो राजदूत का कैबरे बिलकुल ही ठप्प कर दिया है।

आज़ाद : हां-अं। रेहाना स्मार्ट तो है, पर वहां जो पहले वाली थी, वैसी बात इस में नहीं है। .... (गहरी सांस लेकर) खैर, पर उमाजी, मेरा मन तो अब इस तरह के प्रोग्रामों में बिलकुल नहीं लगता। असल में देश की जो हालत है, उसे देखकर दुःख के मारे गलने लगता हूं। अभी-अभी मैंने एक भेंट में पी० एम० से भी साफ-साफ कह दिया था कि भई, ऐसे तो नहीं चलेगा...

बंसीलाल : (चकित होकर) आपने पी० एम० से ऐसे कह दिया?

आज़ाद : (बनते हुए) और कैसे कहता? मुझको—साहब—कोई कुरसी का लोभ तो है नहीं! मैं तो जनता का आदमी हूं। जनता की बात कहना मेरा धर्म! यह सब न करूंगा तो

जनता नहीं पूछेगी कि आज़ाद साहब, तुम्हें हमने अपनी समस्याएं बतलाने के लिए चुना था या चम्मचबाज़ी करने के लिए?...एं?

बंसीलाल : जी हां, जी हां। जनता को आपपर पूरा विश्वास है।

आज़ाद : वह तो है...न होता तो मैं जीतता?

वृद्ध-2 : पिटीशन में सामने आएगा।

बंसीलाल : तो आपने क्या कहा प्रधानमंत्री से?

आज़ाद : कहा क्या, सजेस्ट किया। यही कि इस तरह बात नहीं बनेगी। कुछ करना पड़ेगा। ये जो स्मगलर्स हैं, रिएक्शनरीज़ हैं, पूंजीवादी हैं, ये सब खत्म होने चाहिए।

वृद्ध-1 : और तुम जैसे नेता?

वृद्ध-2 : उनके लिए शासन की ज़रूरत नहीं, वे एक दूसरे को खत्म करेंगे।

आज़ाद : और इस सबके लिए सरकार को बहुत योजनाबद्ध तरीके से काम करना होगा। सोचता हूं, मैं कुछ इंटेलेक्चुअल्स की एक मीटिंग बुला लूं। इस प्रॉब्लम पर डिस्कशन होना चाहिए।

बंसीलाल : ज़रूर, ज़रूर! आप कहें तो मैं इस मसले पर आपका एक इण्टरव्यू ले डालूं। आखिर जनता को मालूम होना चाहिए कि आप जैसे देशभक्त किस ढंग से समस्याओं के बारे में

सोचते हैं।

आज़ाद : जैसी आपकी इच्छा...

[बंसी मुसकराता है। उमा वैनिटी बैग से शीशा निकालकर चेहरे पर लिप स्टिक ठीक करने लगती है।]

वृद्ध-1, वृद्ध-2 : सत्यम्, शिवम्, सुन्दरम्! ...

[महंगे हिस्से की रोशनी बुझ जाती है। सस्ते हिस्से में रोशनी होती है।]

शंकर : तुम्हारा क्या रहा?

दुबे : किस बारे में?

शंकर : जॉब के बारे में। तुम एम० एल० ए० के यहां जाने वाले थे ना? वह तुम्हारे डैडो के दोस्त हैं?

दुबे : (हंसकर) बेशक हैं; पर दोस्ती एक चीज़ होती है यार, एम० एल० ए० दूसरी चीज़ होती है। मैं गया था। उन्होंने कहा कि अगले महीने मिलूं।

शंकर : यह तो उन्होंने पिछले महीने भी कहा था!

दुबे : (हंसता है) और अगले महीने भी यही कहेंगे।

[शंकर ज़ोर से टेबल थपथपाता है। विंग से आवाज़ आती है—'आया साब!' वेटर का प्रवेश। वह कंघा कर रहा है।]

वेटर : जी साब?

शंकर : दो सिंगल चाय ला—एक काढ़े वाली।

[वेटर चुप खड़ा रहता है।]

दुबे : (स्वगत) यार, वाणो नहीं आई अब तक?

शंकर : आती होगी। हो सकता है, कोई काम लग गया हो।

[दुबे के चेहरे पर बेचैनी उभर आती है।]

शंकर : बड़े बेचैन लग रहे हो?

दुबे : (कतराता हुआ) नहीं-नहीं, ऐसी कोई बात नहीं है।

शंकर : एक बात पूछूं दुबे?।

दुबे : (लापरवाही से) पूछो।

शंकर : इस कड़की के पालम में भी तुम्हें इश्क कैसे सूझ रहा है?

दुबे : (हंसकर) डीयर, इश्क दिल की भूख है, जॉब पेट की।

वृद्ध-1 : ज़रा थम जाओ बरखुरदार! वह दिन भी आएगा, जब मोहब्बत का लाइसेंस बना करेगा।

वेटर : (बाल औंछते हुए—लापरवाही से) मैं मैके चली जाऊंगी...मैं मैके चली जाऊंगी...

दुबे : चुप बे!

शंकर : (तुनककर) तू किसलिए खड़ा है यहां? जाता क्यों नहीं?

वेटर : (डरते हुए) साब, शेठ बोलता था, पीछू का

बाकी चुकता करो, नईं तो माल आंगू से नईं मिलेगा।

शंकर : अबे, पैसा खा जाएंगे क्या?

[वेटर घबराया-डरा खड़ा रहता है।]

दुबे : ज़रा क्राइसिस चल रही है गनपतराओ, अपने हिसाब में ही ले आ।...

[वेटर मुसकराकर जाता है।]

दुबे : स्साला!

[वाणी का प्रवेश]

दुबे : (उत्साहित स्वर में) हय् वाणी! ...

वाणी : (वैनिटी बैग टेबल पर रखती हुई—स्वर में ढीलापन) हैलो! ....

शंकर : कैसी हो?

वाणी : (बैठती हुई) ठीक हूं।

दुबे : पर इतनी सीरियस क्यों हो?

[शंकर उपेक्षा से वाणी को देखता है।]

वाणी : (निराश स्वर में) प्रवीर मारा गया।

शंकर : क्या-अ्... ?

दुबे : प्रवीर ?...प्रवीर मारा गया?

वाणी : हां-अं!

शंकर : मगर वह तो अनएम्प्लॉयड यूनियन के एजिटेशन में गया था ना?

वाणी : वहीं तो मारा गया। कुछ लोगों ने हुल्लड़ किया। पुलिस ने गोली चलाई और बेचारा

प्रवीर...

दुबे : ओह!

शंकर : स्साला बेवकूफ!

दुबे : (चिढ़कर) तुम...तुम उसे बेवकूफ कह रहे हो?

शंकर : और क्या कहूं?

दुबे : उसकी शहीदी...

शंकर : शहीदी? (घृणापूर्वक) उस स्साले से कहा किसने था कि एजिटेशन में जाओ? किसने कहा था कि लीडरी करो? घर में खाने को तो था नहीं। बुढ़िया मां लोगों के यहां बरतन मांजकर पेट पाल रही थी और वह स्साला सिद्धांत की बातें करता था?

दुबे : (शंकर को घृणा से देखता है) तुम्हारे विचार में सिद्धांत बेवकूफी है?

शंकर : और नहीं तो क्या है? सिद्धांत क्या है? कहां मिलती है सिद्धांत की चिड़िया?

वृद्ध-1 : हिन्दी फिल्मों में।

[वृद्ध-2 संकेत से चुप रहने को कहता है।]

दुबे : तुम जैसे लोग क्या समझेंगे कि सिद्धांत क्या है! प्रवीर हम लोगों में से अकेला आदमी था, जिसने परपज़फुल मौत पाई। वह हमारे लिए मरा है। जब सारे लोग पुलिस के जूतों, डंडों और गोलियों से डरकर भाग खड़े होंगे, तब

वह अकेला आदमी रहा होगा, जो चीख-चीखकर नारे लगा रहा होगा कि हमें काम दो, हमें रोटी दो...

शंकर : (ज़ोर से हंसते हुए) काम दो, रोटी दो, अकेला नारे लगा रहा होगा प्रवीर! ... (ठहाका) सुना वाणी, स्साला सिद्धांतवादी अकेला नारे लगा रहा होगा और जब गोली खोपड़ी में पड़ी होगी तो मिल गया होगा स्साले को काम! ...

[वाणी और दुबे आतंकित होकर शंकर को देख रहे हैं।]

दुबे : होश की बातें करो शंकर, प्रवीर हमारा दोस्त था। उसकी मौत के बाद हमें इस तरह की बातें नहीं करनी चाहिए।

वाणी : प्लीज़ शंकर, इस तरह की बातें मत करो।

शंकर : (गंभीर होकर) मैं बेकार बातें कर रहा हूं? सच तो यह है कि प्रवीर बेकार बातें करता था।

दुबे : यह क्या कह रहे हो तुम?

शंकर : ठीक कह रहा हूं... स्ट्रगल, अहिंसा, एजिटेशन...हुंह! मूर्ख कहीं का! कितनी बार समझाने की कोशिश की थी मैंने कि इन हालात में किसी जुलूस, किसी नारे, किसी सिद्धांत की कोई गुंजाइश नहीं है। सिर्फ

गुंजाइश है, सब कुछ लौट-पलट डालने की। इस सारे मोम के महल को पिघला डालने की। इस बोदी ब्यूरोक्रेसी को उखाड़ फेंकने की।...

दुबे : यानी तुम समझते हो कि कोई व्यवस्था हिंसा से बदली जा सकती है? और हिंसा भी ऐसी, जिसके पीछे कोई सिद्धांत न हो, महज़ अराजकता हो?

शंकर : बेशक, मैं यही मानता हूं।

दुबे : (चिढ़कर) तो यहां किसलिए बैठे हो? जाओ, तोड़-फोड़ करो, दफ्तरों को जलाओ! नेताओं और ब्यूरोक्रेट्स को गोलियों से भूनो! गांधी और विवेकानन्द के स्टैच्यू तोड़ डालो! ... समस्याओं से निपटने का यही बेहूदा विकल्प खोजा है ना तुमने?

शंकर : (निराश स्वर में) मैं थोथे आदर्श की बातें नहीं करता दोस्त! मैं तुम्हारी तरह (वाणी को अर्थपूर्ण भाव से देखते हुए) समझौतावादी नहीं हूं, और न ही मैं प्यार का बिज़नेस कर सकता हूं।

दुबे : शंकर! ... कमाण्ड योअर टंग!

शंकर : (व्यंग्य से) बहुत गुस्सा आ रहा है बच्चे? इंश्योरेन्स करवा रखी है कि नहीं?

दुबे : तुम हद से ज्यादा बढ़ रहे हो!

शंकर : अरे जा! तुम जैसे दोमुंहों की मैं परवाह नहीं करता।

[दुबे तमतमाकर उठ खड़ा होता है।]

शंकर का गिरहबान थाम लेता है, पर शंकर ज्यों का त्यों बैठा है। घबराकर वाणी उठ पड़ी है।]

वाणी : अरे-रे, तुम लोग...

दुबे : स्साले, मुझे दोमुंहा कहता है?

शंकर : (एक झटके से बैठे-बैठे ही दुबे का हाथ गिरहबान से दूर कर देता है) दूर हो भुनगे! मैं बच्चों को नहीं रुलाया करता!

वाणी : अरे दुबे! ... एय् शंकर! डॉण्ट बी सिली। (दोनों को अलग करने की कोशिश करती है। दुबे बैठ गया है, पर शंकर खड़ा हो जाता है।)

वाणी : बैठो शंकर!

[शंकर कुछ न कहकर उत्तेजित स्थिति में बाहर चला जाता है।]

दुबे : ईडियट!

वाणी : नाराज़ मत होओ दुबे! यह शंकर का कुसूर नहीं, हालात का कुसूर है। आठ महीने से जॉब के लिए परेशान है। आठ महीने से जिसके लिए हर पहर की रोटी क्वेश्चन मार्क

बन गई हो, वह अपने-आपमें कैसे रह सकता है?

दुबे : हालात क्या सिर्फ इसीके लिए हैं? हम लोगों के लिए नहीं हैं? पर हम भी उत्तेजित होकर पागलपन की हरकतें करने लगे, इसमें कौन-सी समझदारी है?

[वेटर आता है। दो चाय लाया है।]

वेटर : (आश्चर्य से) अरे, शंकर बाबू किदर गया?

दुबे : गया जहन्नुम में! तू चाय यहां रख दे।

वेटर : (चाय रखते हुए) पर साब, शंकर बाबू का चहा आप नईं पी सकेंगा।

दुबे : क्यों?

वेटर : वह ब्लेक टी पीने लगा है साब! दूध नईं मांगता।

वाणी : (चकित होकर) ब्लैक टी? यानी शंकर ज़हर पी रहा है?

वेटर : (उदास होकर) हां मेम साब! शंकर बाबू ऐ ब्लेक टी नईं ज्हेर पीताय।

वाणी : ओह! ... (दुःख से चेहरा झुका लेती है।)

दुबे : (प्याला वापस करते हुए) इसमें दूध डालकर ला...

वेटर : अच्छा साब!

[वाणी और दुबे एक-दूसरे को देखने लगते हैं। वेटर खड़ा है।]

दुबे : अब तू किसलिए खड़ा है यहां?

वेटर : एक बात पूछने काय साब!

दुबे : पूछ!

वेटर : घुस्सा तो नईं होएंगा?

दुबे : (उपेक्षा से) नहीं।

वेटर : ये शंकर बाबू है ना—मरना काय कूं मंगताय? एक दिन हम बिसकूं बोला था साब—अईसा दूध भगेर काला चहा पिएंगे तो तुम्हेरा बोलोई राम हो जाएंगा—पन शंकर बाबू हमकूं बोला—ओ मर जाएंगा, तब हमारे बाप का क्या जाएंगा?

दुबे : अच्छा, बोर मत कर। तिड़ी हो जा!

वेटर : तुम बिसका फरेंड है साब?

[दुबे ऊबकर उसे घूरता है।]

वेटर : शंकर बाबू मरेंगा तो तुम्हारा इदर का बाजू (दिल की ओर संकेत करता है) कुछ खाली नई होएंगा साब?

दुबे : हरामजादे, तू जाता है या नहीं?

वेटर : (डरकर) जाताय साब, जाताय! (चला जाता है।)

[वाणी और दुबे एक-दूसरे को रिक्त दृष्टि से देखते हैं। वातावरण में बोझिलपन फैल गया है।]

वाणी : यह सब कुछ हालात के कारण हो रहा है।

दुबे : हालात! ...क्या इलाज है हालात का? सिर्फ यही ना कि सोचना बन्द कर दो?

वाणी : सोचना या न सोचना मेरे या तुम्हारे हाथ में है दुबे?

दुबे : (चिढ़कर) तो...तो सोचती रहो!

[दुबे और वाणी फ्रीज़ हो जाते हैं। वृद्ध सक्रिय]

वृद्ध-1 : हालात! ...

वृद्ध-2 : विकल्प? .. हल? ... रास्ता...किसके पास है, सोचो?

वृद्ध-1 : हूं... (सोचता है।)

वृद्ध-2 : सरकार के पास?

वृद्ध-1 : ऊं हुं! सरकार कहती है, जनता के पास है।

वृद्ध-2 : झूठ! जनता के पास नहीं, समाजसुधारकों के पास है।

वृद्ध-1 : नहीं, शायद...शायद छात्रों के पास है।

वद्ध-2 : गलत!

वृद्ध-1 : तब किसके पास है?

वृद्ध-2 : छात्र कहते हैं कि पिछली पीढ़ी के पास है।

वृद्ध-1 : ऊं हुं!

[दोनों इधर-उधर टहलते हैं। सहसा दोनों वृद्ध रुक जाते हैं—जनता की ओर]

दोनों वृद्ध : कुछ देर के लिए आप भी सोचिए, शेष नाटक फिर...इस बीच ये भी कुछ सोच लेंगे।

(मध्यान्तर)

दूसरा अंक

[दोनों वृद्ध दायें-बायें टहल रहे हैं — विचारमग्न।]

वद्ध-1 : कुछ सोचा?

वृद्ध-2 : नहीं... (गहरी सांस लेता है।)

वृद्ध-1 : और इन्होंने?

वृद्ध-2 : देख लेते हैं...

[दोनों सस्ते होटल वाले हिस्से के पास आ खड़े होते हैं। सस्ते हिस्से में रोशनी हो जाती है। दुबे और वाणी विचारमग्न बैठे हैं।]

वाणी : क्या सोचने लगे?

दुबे : हुं? ... (फीकी-सी हंसी) सोचना ही तो रह गया है वश में। सुनो!

वाणी : हूं।

दुबे : (संकोच के साथ) तुमने अपने डैडी से बात की?

वाणी : मैं... मैं क्या बात करूंगी?...यह तो तुम्हें...

दुबे : (थूक निगलकर) मुझे? ...मेरी तो समझ में

नहीं आता, किस तरह बात करूं?

[वाणी चुप हो जाती है।]

दुबे : जब तक कोई जॉब...मेरा मतलब है कि हालात ठीक नहीं होते, तब तक...अरे, याद आया...तुम अपने मामाजी से मुझे मिलवाने वाली थीं ना?

वाणी : हां, मिलवा तो देती, पर इन दिनों उनका मूड खराब है।

दुबे : क्यों?

वाणी : (निराश स्वर में) वह सीमेंट के परमिट बांट रहे थे। एक अखबार वाला परमिट लेने पहुंचा। उसे दे नहीं पाए। इसपर नाराज़ होकर उसने कुछ लिख-पढ़ दिया अपने पेपर में...और अब उनकी इन्क्वायरी...

दुबे : ओह यानी इस मौसम में तो उनसे बात की नहीं जा सकती!

[वाणी चुप रहती है। वैनिटी बैग पर बेसबरी से अंगुलियां फेरती हुई]

दुबे : (गहरी सांस लेकर) ठीक है...हालात सुधरने दो...

[वाणी चुप ही रहती है।]

दुबे : अब तुम क्या सोचने लगीं?

वाणी : सोच रही हूं कि क्या होगा?

[वृद्ध-1 हंसता है।]

वृद्ध-2 : (आश्चर्य से) तुम्हें क्या हुआ भाटिया बाबू?

वृद्ध-1 : सोच रहा हूं, यह सोचने का चक्कर विचित्र है। रोटी के लिए सोचो, मोहब्बत के लिए सोचो। ये तय नहीं कर पा रहे हैं बेचारे, किसके लिए पहले सोचो... (हंसता है।)

वृद्ध-2 : सब हालात का चक्कर है। सब सोच रहे हैं और विकल्प नहीं है। रोज़ी-रोटी, विश्वास-प्यार, मित्रता-शत्रुता, सिद्धांत-अराजकता—सभीको विकल्प की तलाश है...

वृद्ध-1 : वह तो ठीक है यार, पर इन प्रेमियों के प्रेम का विकल्प किसके पास हो सकता है, ज़रा सोचो?

वृद्ध-2 : इसमें सोचने को क्या है? लड़की के बाप के पास होगा विकल्प।

वृद्ध-1 : हो सकता है कि लड़के के बाप के पास हो?

वृद्ध-2 : हां-अं... हो सकता है।

वृद्ध-1 : और यह भी तो हो सकता है कि उन दोनों के पास ही न हो, इन दोनों के पास हो?

वृद्ध-2 : हां, यह भी हो सकता है।

वृद्ध-1 : और क्या यह नहीं हो सकता कि इनके प्यार का विकल्प न इन दोनों के बाप के पास हो, न इन दोनों के पास हो, किसी तीसरे के पास ही हो?

वृद्ध-2 : वह कैसे?

वृद्ध-1 : ज़रा सोचो, इनके प्यार का विकल्प, लड़के की नौकरी हो या लड़की की नौकरी हो?

वृद्ध-2 : हां यार...बात तो पकड़ में आई...

वृद्ध-1 : खाक पकड़ में आई...

वृद्ध-2 : क्यों?

वद्ध-1 : अरे, ज़रा सोचो—ऐसा भी तो हो सकता है कि नौकरी का विकल्प कोई सोर्स हो?

वृद्ध-2 : हां-अं्... (स्वीकार में सिर हिलाता है।)

वृद्ध-1 : और वह इन दोनों के पास ही न हो?

वृद्ध-2 : हां, हो सकता है ...

वृद्ध-1 : और फिर हो सकता है कि उस सोर्स का विकल्प, जिसके पास हो, उसके घर एक अदद लड़की हो...

वद्ध-2 : हां...

वद्ध-1 : और उसे लड़का चाहिए हो...

वद्ध-2 : क्या मतलब?

वद्ध-1 : मतलब, जिसके पास नौकरी का सोर्स हो, उसके यहां लड़की हो और लड़की का विकल्प एक अदद ऐसा ही लड़का हो और इस लड़के की ज़िन्दगी का विकल्प नौकरी हो...

वृद्ध-2 : क्या बकवास करते हो भाटिया बाबू!

वृद्ध-1 : बकवास नहीं कर रहा यार, सोच रहा हूं...

वद्ध-2 : अपना सोचना छोड़ो, उधर कुछ सोचा जाने वाला था—चलें, देखें।

वृद्ध-1 : चलो।

[महंगे कक्ष में रोशनी हो जाती है। नेता, बंसीलाल और उमा बैठे हैं।]

वृद्ध-2 : आश्चर्य! ... ये तो सचमुच सोच रहे हैं!

वृद्ध-1 : शिशु...वे सोच रहे हैं...

वद्ध-2 : कितने गम्भीर...

वृद्ध-1 : कितने चिन्तित...

वद्ध-2 : कितने व्यस्त...

आजाद : (गहरी सांस लेकर) तो इंटेलेक्चुअल्स की मीटिंग करनी ही पड़ेगी। यकीन कीजिए बंसी बाबू, पिछली कई रातों से सो नहीं पाया हूं। कभी-कभी लगता है कि राजनीति में आकर मैंने बड़ी भूल की। किसलिए शहर का काज़ी बन गया? समस्याओं के सैलाब में लिपटे इस देश के बारे में सोच-सोचकर मेरा खाना, पीना, सोना सब हराम हो गया है।

बंसीलाल : ऐसा ही होता है आज़ाद साहब!

आज़ाद : देश की आज़ादी उतनी बड़ी समस्या नहीं थी भाई...

बंसीलाल : बिलकुल साहब! पुराने लीडरों का क्या बिगड़ा, वे तो देश आज़ाद करवाकर चले गए; पर अब भुगतना तो आपलोगों को पड़ रहा है। जनम देना बड़ी बात थोड़े ही होती है, बड़ी बात होती है—पालना। क्यों उमाजी?

[उमा लजा जाती है। आज़ाद डिब्बी से पान निकालकर खाते हैं।]

बंसीलाल : अगर मैं कल सुबह ही आपके इण्टरव्यू के लिए हाज़िर हो जाऊं तो कैसा रहे? प्रॉब्लम पर आपके कुछ विचार...

आज़ाद : भई, एक उलझन है।

बंसीलाल : क्या?

आज़ाद : सुबह तो मैं बहुत बिज़ी रहता हूं। एक तो मिलने-जुलने वाले होते हैं, दूसरे...

बंसीलाल : तो रात को...

आज़ाद : कल?

बंसीलाल : जी।

आज़ाद : क-अ्-ल... (उमा की ओर देखकर मुसकराते हुए) कल रात तो मैं ज़रा बिज़ी हूं... है न उमाजी?

[उमा शरमा जाती है।]

बंसीलाल : समझ गया, समझ गया।...कल सुबह ही कोई टाइम...

आज़ाद : कल सुबह मुझे पी० डब्ल्यू० डी० के चीफ इंजीनियर से मिलना है।

बंसीलाल : भरुचा साहब से?

आज़ाद : हां।

बंसीलाल : क्या बात है?

आज़ाद : आपसे छिपाऊंगा नहीं बंसीलालजी!

(सरल भाव से) मेरे मामाजी ने अभी-अभी बिल्डिंग कांट्रैक्ट्स का बिज़नेस शुरू किया है। थोड़ा कह-सुन दूं... सच बात तो यह है कि भाई, जनता में काम करने वालों को इस तरह के कामों में घूमना ही पड़ता है। फिर एकदम घर के आदमी ठहरे साहब... कुछ नहीं करूंगा तो कहेंगे कि लो साहब! सगे होते हुए भी आज़ाद साहब ने कुछ नहीं किया।

बंसीलाल : वह तो है ही। (खुशामदी ढंग से हंसता है।)

आज़ाद : (अपनापे के साथ) मगर...बंसीलालजी, ... यह प्रेस के लिए नहीं है।

बंसीलाल : हां-हां, वह तो मैं जानता हूं।

उमा : आज़ाद साहब, सुना है कि कोई छोकरा कल पुलिस की गोलियों से मारा गया?

बंसीलाल : हां, हम उसका फोटो छाप रहे हैं...

आज़ाद : हां उमाजी! एक छोकरा था। खासा भला लड़का था, पर भाग्य की बात है। बिलकुल बन्दूक के सामने पड़ गया। असल में यह व्यवस्था इतनी बिगड़ चुकी है कि लॉ एण्ड ऑर्डर को तो लोग ठीक से समझते ही नहीं हैं। हम मानते हैं कि बेकारी है, पूंजीवाद बढ़ रहा है, स्मगलिंग ने एक पैरेलल इकॉनमी खड़ी कर दी है, चुनावों में गलतियां भी हो जाती

हैं, महंगाई भी बढ़ रही है, सारी बातें हैं...पर इसके लिए एजिटेशन करने से तो बात नहीं बनेगी ना। उसके लिए एक प्लानिंग होगी। हर मसले पर समितियां बनेंगी। कुछ बन गई हैं। कुछ सोच भी रही हैं। डिसीज़न भी लिए जाएंगे। धीरे-धीरे सब होता है... उतावली से काम नहीं चलता। अब सरकार को कोई एक काम तो नहीं है ना कि साहब, अमुक-अमुक छोकरे डिगरीधारी हो गए हैं—इन्हें काम दे दो।...सौ काम हैं...

बंसीलाल : जी हां। सही कहते हैं आप।

उमा : हूं-अूं।

आज़ाद : पर इन लड़कों को क्या कहा जाए? अच्छे-खासे जवान हो रहे हैं, पर ज़िद वही तीन साल वाली...हठ पकड़ लेंगे कि यह तो अभी ही होना चाहिए। ऐसे कैसे हो जाएगा साहब?...

उमा : मगर सुनते हैं, वह लड़का तो सिर्फ आश्वासन चाहता था?

आज़ाद : अजी, उस एक लड़के की बात थोड़े ही है। मैं तो एक जनरल बात कर रहा हूं।...लोग सरकार को दोष देते हैं। दोष देने से काम थोड़े ही चलता है!

बंसीलाल : सरकार को नहीं आज़ाद साहब—दोष नेताओं को देते हैं।

आज़ाद : अरे हां भई! सरकार और नेता में फरक ही क्या है? एक ही बात है। कभी यह गद्दी पर, कभी वह गद्दी पर। मान लेते हैं साहब! हमींको दोष देते हैं; पर कोई एक काम तो है नहीं हमें। हज़ार काम लगे हैं। पार्टी को भी देखना होता है। सब तरफ देखना होता है। अपनी पोज़ीशन भी देखनी होती है। फैमिली भी देखनी होती है। ऐसा नेता कोई जोगी थोड़े ही होता है भइया! उसका भी घर-बार, बाल-बच्चे, चार नातेदार, दोस्त-सखा होते हैं। फिर पार्टी में ही ऐसे लोग होते हैं कि कब धीरे से कुरसी खींच लें, मालूम नहीं। उन्हें भी संभालना पड़ता है... तो एक काम तो नहीं है ना?...

बंसीलाल : जी हां, जी हां।

आज़ाद : तो मेरा मतलब है कि सारे मामले पर जनता को थोड़ा शांति से सोचना होगा...इस तरह मर जाने से तो काम नहीं चलता। संघर्ष करना पड़ता है। भूखे-नंगे रहकर देश बनाना पड़ता है। (सामने प्लेट में रखे फल खाते हुए) मरना तो संघर्ष से पलायन हुआ ना?

बंसीलाल : जी, बिलकुल सही कहा....

आज़ाद : मैं पलायनवाद ठीक नहीं समझता। इससे

देश नहीं बनते। देश बनते हैं संघर्ष से, एकता से, विश्वास से। अब देखिए, कई फ्रण्ट्स पर हमको लड़ना पड़ रहा है। दुश्मन देशों का खतरा हमारे सिर पर है।...

[ठीक तभी एक नौकर प्लेट लेकर आता है और इस तरह ठोकर खाकर गिरता है कि प्लेट नेताजी के सिर पर जा गिरती है। 'ओह! ...' कहकर नेताजी कराहते हैं।]

बंसीलाल और उमा : (चौंककर) बेवकूफ कहीं का! ... (आज़ाद से) चोट तो नहीं आई आपको?

आज़ाद : (सिर सहलाते हुए) नहीं-नहीं...

[नौकर घबराकर चला जाता है। बंसीलाल और उमा अपनी जगह बैठते हैं।]

आज़ाद : तो...तो मैं क्या कह रहा था?

बंसीलाल : जी, आप कह रहे थे कि दुश्मन देशों का खतरा आपके सिर पर है...

आज़ाद : हां-अ्...तो खतरा...हमारे सिर पर है। पूंजीवादी षड्यंत्र चल रहे हैं। महंगाई बढ़ी है, पर दुनिया के सामने हमारी इमेज भी बढ़ी है। हमने बहुत तरक्की की है। अणुबम बनाया है, उपग्रह छोड़ दिए हैं, जनहित में बैंकों का राष्ट्रीयकरण कर दिया है। तस्करों की धर-पकड़ जारी है। गन्दी फिल्में बन्द कर दी हैं। तो...काम तो हो रहा है...

उमा : पर वह बेचारा लड़का!

आज़ाद : (एक गहरी सांस लेकर) अब यह मरना-जीना तो चलता ही है...सृष्टि का विधान है। जिसकी जैसी लिखी होती है, वैसी ही गति होती है; पर इस सबसे जीवन नहीं रुकता। प्रगति भी नहीं रुकती।

बंसीलाल : जी, बिलकुल ठीक है।

आज़ाद : तो...उमाजी, आज का आपका क्या कार्यक्रम है?

उमा : विशेष नहीं है...

आज़ाद : शाम को फ्री हैं?

उमा : हां।

आज़ाद : मैं सोच रहा था कि 'द ट्रबुल' देखी जाए। यह स्टूडेण्ट्स प्रॉब्लम वर्ल्ड फिनोमिना है। कहते हैं, इस फिल्म में यह क्राइसिस खूब उभरी है।

बंसीलाल : हां, अच्छो फिल्म है।

आज़ाद : आपने देखी है?

बंसीलाल : जी? ... जी नहीं। हमारे अखबार में उसकी रिव्यू छपी है।

आज़ाद : तो क्या सोच रही हैं?

उमा : कुछ नहीं...वैसे मैं सोचती थी कि शाम को एक मीटिंग अटेण्ड कर लूं।

आज़ाद : कैसी मीटिंग?

उमा : वही, छोकरा मर गया है —उसके बारे में। अपनी संस्था की ओर से श्रद्धांजलि देना चाहती हूं।

आज़ाद : मीटिंग कौन कर रहा है?

उमा : भारद्वाजजी कर रहे हैं।

आज़ाद : कौन? राष्ट्र-दल वाले?

उमा : हां, वही।

आज़ाद : (गंभीर होकर) यानी उस मौत को राष्ट्रदल वाले भुनाएंगे?

[उमा और बंसीलाल आज़ाद के चिंतित चेहरे को देखने लगते हैं।]

आज़ाद : ठीक है उमाजी, फिर आप मीटिंग अटेण्ड कीजिए।...वैसे कुछ बतला सकती हैं — भारद्वाज का इरादा क्या है?

उमा : सूना है कि भारद्वाजजी ने लड़के की मृत्यू की न्यायिक जांच की मांग की है...उसी बारे में कुछ कहेंगे।

बंसीलाल : स्टेटमेंट तो दिया है उन्होंने ...

आज़ाद : छोकरा राष्ट्र-दल की स्टूडेंट विंग का था क्या?

उमा : नहीं-नहीं, छोकरा किसी दल-वल का नहीं था—खाली छोकरा था। वह तो बस ह्यूमन सिम्पैथी के कारण...

आज़ाद : अरे, उस स्साले भारद्वाज को मैं खूब जानता हूं। उसमें काहे की ह्यूमन सिम्पैथी? यों

कहिए कि छोकरे की मौत का पॉलिटिकल एक्सप्लॉयटेशन करने वाला है...और यह ... यह निहायत इनह्यूमन हरकत है।

[उमा और बंसीलाल चुप हो जाते है।]

आज़ाद : (बड़बड़ाता है) पता नहीं, देश का क्या होगा!

वृद्ध-1 : कमाल है!

वृद्ध-2 : कैसा कमाल है?

वृद्ध-1 : नेताजी कह रहे हैं कि देश का क्या होगा— इन्हें पता नहीं।

वृद्ध-2 : अगर इन्हें पता नहीं है तो समझो, किसीको पता नहीं है।

वृद्ध-1 : शर्मा बाबू!

वृद्ध-2 : हूं।

वृद्ध-1 : आओ, इधर देख लें—शायद इन्हें मालूम हो कि देश का क्या होगा।

[दोनों सस्ते हिस्से में पहुंचते हैं। महंगे की रोशनी गायब हो जाती है।

शंकर, वाणी और दुबे टेबल के गिर्द बैठे हुए हैं। शंकर सिगरेट पी रहा है।]

दुबे : (लम्बी सांस खींचकर) प्रवीर की विधवा मां का क्या होगा?

शंकर : होगा क्या? ... मर जाएगी।

दुबे : (चिढ़कर) हमेशा अशुभ बोलते हो शंकर! इट इज़ शेमफुल! वेरी शेमफुल! होना तो

यह चाहिए कि हम प्रवीर की मौत के बाद उसकी बेसहारा मां के बारे में सोचें। कुछ करें, ताकि बुढ़िया...

शंकर : (उसी तरह उत्तेजना में) क्या बकवास करते हो? हम क्या कर सकते हैं?

दुबे : (सकपकाकर) मेरा मतलब है कि अगर हम बुढ़िया को कोई इकॉनमिक एड नहीं दे सकते तो कम से कम सिम्पैथी...

शंकर : (वक्र हंसी में) हंह! सिम्पैथी! ... क्या मतलब है सिम्पैथी का? और किस-किसको दोगे सिम्पैथी? सिम्पैथी से भूख नहीं मिटती। सिम्पैथी से यह दर्द नहीं मिटेगा कि उसका एकलौता बेटा मारा गया। फिर अकेली प्रवीर की बुढ़िया मां ही तो नहीं है! जाने कितनी बुढ़ियाएं हैं! वे, जो हमारे दोस्त नहीं थे—उनकी बुढ़ियाएं, जिन्हें हम पहचानते नहीं हैं। बहुत-सी हैं। ये सिम्पैथी-विम्पैथी वाली बातें सिर्फ अपने को और दूसरों को छलने की बातें हैं। नॉन्सेंस! ...

दुबे : (घृणा से शंकर को घूरते हुए) तुमसे बात करना चट्टानों में लहर ढूंढ़ने की तरह है। तुम सब कुछ समझकर भी कुछ नहीं समझना चाहते।

शंकर : कुछ न कहो, वही अच्छा है। कई बातें सिर्फ

न कहने के लिए ही होती हैं। सिर्फ महसूस करना सीखो दुबे! (सहसा उदास हो जाता है।) हम लोगों के सामने महसूस करने और चुपचाप पी जाने के अलावा और कोई रास्ता नहीं है। (गला भर्रा जाता है।) प्रवीर मारा गया...अच्छा हुआ। किसी दिन हम, तुम, सब मारे जाएंगे। अलग-अलग तरह मारे जाएंगे।

[दुबे और वाणी घबराए हुए से कभी शंकर को और कभी एक दूसरे को देखते रहते हैं।]

शंकर : (उसी तरह बड़बड़ाते हुए वाणी से) तुम... तुम दोनों किसी दिन सिर्फ यह सोचते हुए मर जाओगे कि तुम एक नई और उमंगों-भरी दुनिया बसाना चाहते थे—साथ-साथ।...तुमने सपना देखा है ना वाणी, कि तुम और दुबे शादी करोगे? तुम्हारा छोटा-सा घर होगा? उस घर में सुख-शान्ति और प्यार होगा? तुम निश्चिन्त होकर पेंटिंग कर सकोगी? ...पर वैसा कुछ नहीं होगा। कभी नहीं होगा, क्योंकि सपने सिर्फ देखने के लिए होते हैं—जीवन अलग है। जीवन यह है कि तुम एक के बाद एक मृगतृष्णा में उलझे हुए जैसे-तैसे सिर्फ सांसें बटोरे रहो।...

दुबे : (कुछ उखड़े हुए स्वर में—उठते हुए) वाणी, चलो।...

वाणी : कहां?

दुबे : कहीं भी।...मैं...मैं इस तरह की निराशा भरी बातें नहीं सुन सकता। यह आदमी खुद तो टूट ही चुका है, दूसरों को भी...

शंकर : (खांसता हुआ) मैं टूट चुका हूं, सच है; पर ईमानदारी से बतलाओ दुबे, तुम जुड़े हुए हो?... बताओ, तुम जुड़े हुए हो?

[दुबे बदहवास होकर कतराया हुआ इधर-उधर देखता है।]

शंकर : (हंसते हुए) नहीं दुबे, तुम मुझसे ज़्यादा टूट चुके हो। हम सब टूटे हुए लोग हैं। हमारी जड़ें नहीं हैं...और हम सब सिर्फ इस वहम में जिए जा रहे हैं कि कहीं हम हैं, हमारी जड़ें हैं...

वाणी : (उठ पड़ती है) मैं चलती हूं।

दुबे : तुम कहां जाओगी वाणी?

वाणी : सोचती हूं कि प्रवीर के घर जाऊं। उसकी मां...

दुबे : ठीक है, मैं भी चलता हूं। (फिर शंकर की ओर) तुम चल रहे हो?

शंकर : किसलिए?

वाणी : उसकी मां को सांत्वना...

शंकर : (दोनों को देखता है, फिर व्यंग्य से मुसकराते

हुए) नहीं, मैं नहीं जाऊंगा। मुझसे ढोंग नहीं होते।

वाणी : (झल्लाकर) हम ढोंगी हैं?

शंकर : मैं नहीं कहता कि तुम लोग ढोंगी हो। बस, इतना जानता हूं कि मैं ढोंग नहीं कर सकता।

वाणी : (दुबे से) चलो दुबे, शंकर तो हमेशा औंधे ढंग से ही सोचता है। (उपेक्षा बरतकर दुबे की बांह पकड़ उसे चलने के लिए खींचती है।)

शंकर : सोचती तुम भी वही हो वाणी, जो मैं सोच रहा हूं—अन्तर यह है कि तुममें वह सब उगलने का साहस नहीं है, जो मुझमें है। अच्छा वाणी! ईमानदारी से बतलाओ, क्या तुम्हें सचमुच ही प्रवीर की मौत के बारे में सोचने और समझने का वक्त है? ... (हंसकर) नहीं है। सच तो यह है कि हम, तुम, सब—सब लोग सिर्फ अपने बारे में सोच पा रहे हैं...

वाणी : (सहानुभूति से) तुम्हें हो क्या गया है शंकर?

शंकर : कुछ नहीं हुआ है वाणी! मुझे कुछ नहीं हुआ है। सिर्फ इतना हुआ है कि प्रवीर एक झटके में मर गया और मैं धीरे-धीरे मर रहा हूं... (आंखें मूंदकर पीड़ा सहते हुए) यह मौत...

यह मौत गोली से कहीं ज़्यादा तकलीफदेह है।

[दुबे और वाणी जाने के लिए परस्पर संकेत करते हैं। तभी विकास आ जाता है। उसकी आंखों में चालाकी है, शरीर में फुर्ती।]

विकास : नमस्कार भाइयो! ...

[क्रम से सभी नमस्कार करते हैं।]

विकास : (वाणी से) मैं तुम्हारे घर गया था वाणी!

वाणी : क्यों? ...मैं तो तुम्हें नौकरी नहीं दिला सकती!

विकास : अरे, नौकरी की बात छोड़ो। इस समय सिर्फ प्रवीर की बात करो। वह महान आत्मा, जो हम लोगों की उलझनों और परेशानियों की ओर सबका ध्यान दिलाकर शहीद हो गई।

[शंकर व्यंग्य से मुसकराता रहता है।]

विकास : असल में यूथ क्लब वालों ने प्रवीर का 'शहीद दिवस' मनाना तय किया है। कल उसके लिए शोक-सभा भी कर रहे हैं। तुम्हारे पास प्रवीर की एक फोटो थी ना...वही, जो कॉलिज़ मैगज़ीन की एडीटिंग के वक्त उसने तुम्हें दी थी?

दुबे : (बीच में ही) यूथ क्लब वाले प्रवीर की मौत पर शोक-सभा कर रहे हैं? पर...पर वे लोग तो प्रवीर के विरोधी थे ना? कहते थे कि वह

नक्सलियों जैसी बातें करता है।

विकास : अरे, मरने के बाद विरोध-फिरोध नहीं रह जाता यार! प्रवीर नहीं रहा, कुछ नहीं रहा!... (गहरी सांस लेता है।)

शंकर : ठीक है। कम से कम शोक-सभा करके न्यूज़ तो छपवाई ही जा सकती है!

विकास : (खुश होकर) येस्! ...यह हुई ना समझदारी की बात! (वाणी की ओर मुड़कर) है तसवीर?

वाणी : (गहरी सांस खींचकर) ठीक है, चलो मेरे साथ। तुम तसवीर ले लेना, फिर हम लोग ज़रा प्रवीर के घर जाएंगे।

विकास : गुड! ... (खुशी-खुशी चल पड़ता है। तीनों जाते हैं।)

शंकर : (हंसते हुए) हःहःहः...ज़िन्दा लाशें मरी हुई लाशों के लिए कर्ट्सी निबाहने जा रही हैं। (सहसा उसे खांसी आ जाती है। बमुश्किल अपने-आपको थामते हुए बीचबीच में बड़बड़ाता है।) इस तरह कब तक चलेगा? ... क्या होगा? ...

वृद्ध-1 : क्या होगा शर्मा बाबू?

वृद्ध-2 : कमाल है! इतना भी नहीं समझते? सुना नहीं, नेताजी ने क्या कहा था?

वृद्ध-1 : क्या?

वृद्ध-2 : धीरज रखना होगा...धीरे-धीरे सब होता है। कोई एक ही काम तो नहीं है कि उसीपर सोचने लगें?

वृद्ध-1 : हां भाटिया बाबू! सही है...

वृद्ध-2 : अब इन पढ़े-लिखों का क्या है—इन्हें क्या मालूम कि नौकरी और रोटी के अलावा भी बहुत कुछ सोचने को है...

वृद्ध-1 : हां, कुरसी है, फिर कुरसी पर जमा रहना है, जमे रहने के लिए सोचना है...बहुत-से काम हैं।

वृद्ध-2 : फिर इनके लिए तो समितियां बन चुकी हैं। वे सोच रही हैं...

वृद्ध-1 : हां भइया, सब सोच ही तो रहे हैं...

[माइक की खड़खड़ाहट के स्वर विंग से आते हैं। दोनों वृद्ध चौंककर देखते हैं।]

वृद्ध-2 : सुनिए, ज़रा गौर से सुनिए...शायद यह भी कुछ सोच रहे हैं और हमें बतलाने वाले हैं...

[दोनों कक्षों की लाइटें जल जाती हैं। होटल वाले हिस्से में दोनों हाथों के बीच माथा थामे हुए शंकर बैठा है, जबकि महंगे हिस्से में आज़ाद चहलकदमी कर रहा है। दोनों वृद्ध विंग के पीछे से आने वाला भाषण सुनने के लिए खामोश खड़े रहते हैं।]

[विंग से भाषण]

एक स्वर : तो सज्जनो, मैं अपनी बात समाप्त करता हूं। अब हमारे माननीय जन-नेता भारद्वाजजी शहीद प्रवीर को श्रद्धांजलि देते हुए आपसे दो शब्द कहेंगे...

[तालियां]

नारा : भारद्वाजजी की...

समवेत स्वर : जै!...

नारा : शहीद प्रवीर!

समवेत स्वर : ज़िन्दाबाद!...

[माइक की खड़खड़ाहट। विंग के पीछे से भारद्वाजजी का स्वर उभरता है।]

भारद्वाज का स्वर : भाइयो और बहनो!...

[आज़ाद एकाएक रुक जाता है और आवाज़ की दिशा में गंभीर होकर देखने लगता है।]

भार० का स्वर : आप जानते हैं कि दो दिन हुए, छात्र-नेता प्रवीर पुलिस की गोलियों का शिकार हुआ।...

[शंकर उस दिशा की ओर देखने लगा है, जिधर से आवाज़ आ रही है।]

भार० का स्वर : प्रवीर इस देश के उन नौजवानों में से था, जो आगे चलकर देश को सम्हालते। क्या मालूम, वह गांधी बनता, नेहरू बनता, सुभाष बनता, विवेकानन्द या अरविन्द बनता;

किन्तु असमय ही उस नौनिहाल को मृत्यु हो गई। वह काम और रोज़ी-रोटी की मांग कर रहा था, शांतिपूर्ण आन्दोलन कर रहा था। प्रवीर की मौत आज़ादी और प्रजातंत्र की मौत है। मैंने और मेरे दल ने इस हत्याकांड की न्यायिक जांच की मांग की है।

[तालियां]

भार० का स्वर : देश की समस्याओं से मुंह मोड़ लेना मेरी या मेरे दल की नीति नहीं है। हमारी नीति है, हर समस्या के बारे में सोचना, नीति बनाना, फिर सोचना, फिर नीति में सुधार करना और बार-बार विचारकर काम करना। प्रवीर की मौत केवल उसकी मौत नहीं है। उन लाखों शिक्षितों और बेकारों की मौत है, जो अपना हक मांग रहे हैं। हम और हमारा दल उनके साथ हैं। यदि हमारी मांगें पूरी नहीं हुईं तो हम नगर और प्रान्त में ही नहीं, सारे देश में जुलूस, आन्दोलन और ग्राम सभाएं करके देश का कामकाज ठप्प कर देंगे।...

[तालियों की गड़गड़ाहट]

नारा : भारद्वाजजी!

समवेत स्वर : ज़िन्दाबाद!

नारा : हमारी मांगें!

समवेत स्वर : पूरी हों!

नारा : प्रवीर! ...

समवेत स्वर : अमर रहे!

[भाषण समाप्त होता है। शंकर पुनः उसी तरह माथे को दोनों हथेलियों में थामे हुए बैठा रहता है। आज़ाद अचानक रुक जाता है और माथा ठोकते हुए सोफे पर बैठ जाता है। दोनों वृद्ध आज़ाद वाले हिस्से की ओर पहुंचते हैं।]

वृद्ध-1 : आज़ाद साहब को क्या हुआ शर्मा बाबू?

वृद्ध-2 : सोच रहे हैं कि भारद्वाज के भाषण का क्या करें?

वृद्ध-1 : भाषण का या प्रवीर का? या प्रवीर जैसे बेरोजगारों का?

वद्ध-2 : इनकी समस्या प्रवीर नहीं, प्रवीर के कारण है...

वृद्ध-1 : और प्रवीर की समस्या का हल?...उसका विकल्प?

वृद्ध-2 : थोड़ी देर बाद मालूम होगा।

वृद्ध-1 : कब?

वद्ध-2 : जब ये भारद्वाज के भाषण का विकल्प ढूंढ़ चुकेंगे।

वृद्ध-1 : यानी हल, हल की खोज कर रहा है?

वृद्ध-2 : हां, ऐसा होता है। अकसर ऐसा होता है कि जल्दबाज़ी में छाता आप हाथ में लिए हुए हों और सारे घर में ढूंढ़-ढूंढ़कर शोर मचा दें कि

छाता कहां है।

वृद्ध-1 : यानी आपका मतलब है कि... (सोचते हुए) विकल्प हमारे भीतर ही है?

वृद्ध-2 : हां।

वृद्ध-1 : क्या?

वृद्ध-2 : हम, हमारा अपना-आप...

वृद्ध-1 : तब ये आज़ाद साहब, भारद्वाजजी, विकास, वाणी, दुबे, शंकर—ये सब क्या खोज रहे हैं?

वृद्ध-2 : विकल्प।

वृद्ध-1 : (खीझकर) अजीब झख है...बार-बार वही कहे जा रहे हो! जब विकल्प इनके सबके पास है, तब उलझन...

वृद्ध-2 : उलझन है अपने भीतर देखने की। सुना नहीं है—कबीर कह गए हैं—'बुरा जो देखन मैं चला, बुरा न दीखा कोय...'

वृद्ध-1 : इन्होंने क्या कबीर को पढ़ा नहीं है?

वृद्ध-2 : पढ़ना एक बात है, गनना एक बात... फिलहाल ये अपने बाहर खोज रहे हैं।

वृद्ध-1 : वह कैसे?

वृद्ध-2 : देखो—थोड़ी देर बाद अन्तिम अंक।

[परदा गिरता है।]

तीसरा अंक

[परदा उठता है। दोनों वृद्ध दायें-बायें खड़े हैं। होटल वाले हिस्से में रोशनी नहीं है। केवल महंगे हिस्से में रोशनी। आज़ाद बेचैनी से चहलकदमी कर रहा है। वह बार-बार थमकर द्वार की ओर देखता है, जैसे किसीकी प्रतीक्षा कर रहा हो।]

द्वार पर स्वर : खट्-खट्-खट्...

आज़ाद : (चौंककर) कौन?

बाहर से आवाज़ : मैं— विकास

आज़ाद : (बड़बड़ाते हुए द्वार की ओर बढ़कर खोलता है) आओ भाई, आओ।

[विकास प्रवेश करता है। आज़ाद द्वार बन्द कर देता है।]

आज़ाद : बैठो...मैं तो तुम्हारा ही इन्तज़ार कर रहा था। दो-तीन बार खबर भेजी, पर...

विकास : (बैठकर) जी, मैं ज़रा बिज़ी था। प्रवीर की मां के लिए सहायता-अनुदान एकत्र कर रहा था...

आज़ाद : यह तो अच्छा है भाई! बहुत अच्छा है। मैं भी कुछ करने वाला हूं। मगर प्रवीर की मौत को लेकर भारद्वाज जो पॉलिटिकल एक्सप्लॉयटेशन कर रहा है—उससे बहुत दुःख हुआ है मुझे, और इसीलिए आपको...

विकास : (खुशामदी स्वर में) आप तो जानते ही हैं आज़ाद साहब, मैं इस तरह की इम्मौरल हरकतें पसन्द नहीं करता हूं।

आज़ाद : तभी तो तुम्हें बुलाया है भाई...जानता हूं कि तुम प्रगतिशील हो। देश के लिए सही तरह काम कर सकते हो।

विकास : (हंसते हुए) जी...जी हां। अगर मैं देश की सेवा में अपना अंश-मात्र योग कर सका तो धन्य होऊंगा। फरमाइए, क्या करना है?

आज़ाद : (गंभीर स्वर में) करना कुछ नहीं है, सिर्फ भारद्वाज का स्टंट ठंडा करना है। किस तरह करना है, यह तुम जानो। तुम स्वयं ही योग्य हो। तुम्हें कुछ सुझाना सूरज को रोशनी दिखाना है—जानता हूं, पर काम करने में तुम्हें कितने की ज़रूरत पड़ेगी... मेरा मतलब है कि कितने में काम चल जाएगा?

विकास : (अटकते स्वर में) यही कोई...फिलहाल आप

पांच सौ दे दीजिए, आगे ज़रूरत हुई तो...

आज़ाद : (चौंककर) पांच सौ? ...पांच सौ तो बहुत होते हैं भाई! कुछ कम में...

विकास : (बेरुखी से) इससे कम में तो बहुत मुश्किल होगा आज़ाद साहब! महंगाई की वजह से काम करने वाले आदमी नहीं मिलते। दस रुपये फी आदमी के हिसाब से बमुश्किल आदमी जुटा पाऊंगा...

आज़ाद : (गहरी सांस लेकर) अच्छा भाई, करो। (उठकर रुपये देता है।) देश के लिए तो यह सब करना ही पड़ेगा।

विकास : (जेब में रुपये डालकर उठते हुए) जी हां, जी हां। करना ही पड़ता है साहब! नमस्कार।...

[दरवाज़ा खोलकर विकास बाहर जाता है। आज़ाद दरवाज़ा बन्द करने ही वाला है कि उमा और बंसीलाल प्रवेश करते हैं। नमस्कार करते हुए बैठ जाते हैं। आज़ाद चिन्तित है। उमा और बंसीलाल उसकी चिन्ता समझकर एक-दूसरे को देखते हैं।]

बंसीलाल : इस भारद्वाज ने तो अच्छा-खासा रूपक बना लिया। सारे शहर में हंगामा खड़ा कर रखा है। भाषण दे रहा है, मीटिंगें कर रहा है, स्टेटमेंटबाज़ी कर रहा है।

आज़ाद : जानता हूं।

उमा : आपको कुछ न कुछ करना चाहिए आज़ाद साहब, वरना इस प्रवीर की मौत को लेकर ही वह आपसे इलेक्शन में भिड़ जाएगा। सब लोग हैरान हैं कि आप शान्त क्योंकर हैं! लोग आरोप लगा रहे हैं कि आप पुलिस के पिट्ठू हो गए हैं। लोगों में आपके खिलाफ वातावरण बन रहा है।

आज़ाद : जानता हूं उमाजी, सब जानता हूं; पर मेरे भी कुछ आदर्श हैं। मैं मृत्यु जैसी चीज़ को लेकर राजनीतिक उल्लू सीधा नहीं कर सकता। यह नैतिकता के विरुद्ध है।

[उमा और बंसीलाल एक-दूसरे को व्यंग्य से देखते हैं।]

बंसीलाल : उमाजी!

उमा : जी!

बंसीलाल : बुरा न मानें तो एक बात कहूं? आपका वेलविशर हूं, इसीलिए...

उमा : कहिए...कहिए...!

[बंसीलाल एक बार आज़ाद को और फिर उमा को देखता है।]

उमा : कहिए ना!

बंसीलाल : (चालाक निगाहों से उमा और आज़ाद को देखता हुआ) मैंने सुना है कि आपने कल अपने 'समाज-सुधार केन्द्र' से प्रवीर की मां

के लिए एक चैरिटी ड्रामा करके करीब दो हज़ार रुपये जुटाए हैं?

उमा : (परेशान होकर) हां, जुटाए तो हैं, मगर... यह तो फर्ज़ है ना बंसी बाबू! सभीका फर्ज है। बीइंग-ए-सिविलियन, यह हम सब का फर्ज है।

बंसीलाल : जी हां, जी हां। वह तो है। सबका धर्म है। आखिर प्रवीर हमारे शहर का युवक था।

उमा : हां-हां।

बंसीलाल : पर सामाजिक क्षेत्र में काम करने वालों को हमेशा शक की निगाह से देखते हैं लोग... अब यही देखिए ना, आज हमारे अखबार में तीन-चार लोग आए। कह रहे थे कि...

उमा : (घबराकर) क्या कह रहे थे?

बंसीलाल : कह रहे थे कि कि आपने जुटाए तो दो हजार, पर प्रवीर को मां के पास सिर्फ पांच सौ पहुंचे हैं।

उमा : (कुछ नाराज़ होकर) कौन लोग थे? ज़रा नाम सुनूं तो?

बंसीलाल : वह मत पूछिए। प्रेस सीक्रेट रखना पड़ता है हम लोगों को...असल में जर्नलिस्टिक मौरल्टी का मामला है। मुझे क्षमा करें।

उमा : (निराश स्वर में—गंभीर भाव से) सोशल लाइफ में ऐसे लांछन तो लगते ही रहते हैं, पर मैं परवाह नहीं करती।

बंसीलाल : करनी भी नहीं चाहिए उमाजी!

[थोड़ी देर के लिए खामोशी]

वृद्ध-1 : दो हज़ार और लांछन!

वृद्ध-2 : पांच सौ और मौरल्टी!

वृद्ध-1 : सोशल लाइफ और प्रेस सीक्रेट!

वद्ध-2 : इस सबका विकल्प?

वृद्ध-1 : वह रहा—उमाजी के पास। (अंगुली से उमा की ओर संकेत करता है।)

[उमा बैग खोलते हुए बंसीलाल की ओर मुसकराती है। बंसीलाल की नज़र बैग पर लगी है। आज़ाद गंभीर है।]

उमा : अरे, याद आया बंसी बाबू! आप पिछले दिनों कह रहे थे कि आपको नया कैमरा लेना है और कुछ पैसा कम पड़ रहा है?

बसीलाल : (घिघियाकर दोनों हथेलियां मसलते हुए) जी हां, यही कोई तीन-चार सौ कम पड़ रहे हैं...

उमा : (पर्स से रुपये निकालकर बंसीलाल को देती है) लीजिए, मेरी ओर से लीजिए...

बंसीलाल : (ऊपरी तौर पर नकारते हुए) अरे, नहीं नहीं...

आज़ाद : ले भी लो भई! उमाजी कोई अहसान नहीं कर रही हैं। ये तो सोशल लाइफ के एडजस्टमेंट हैं। इसी तरह चलते हैं...

बंसीलाल : (रुपये लेकर जेब में रखता है) हैं-हैं-हैं... आप तो मान ही नहीं रहीं!

आज़ाद : उमाजी ने इस नगर को बड़ी सेवाएं दी हैं। अनाथालय, अस्पताल, साहित्य और कला की संस्थाएं, ड्रामा संस्था—सभी इनकी देन हैं।

बंसीलाल : बिलकुल साहब! सब जानते हैं। सब मानते हैं। पिछली बार मैंने एक आर्टीकल में ज़िक्र किया ही था। सोचता हूं, उमाजी से एक इण्डिपेण्डेण्ट इण्टरव्यू और लूं। जनता को मालूम होना चाहिए कि डिवोशन क्या चीज़ होती है...

[उमा घिघियाई हंसी में हंसती है।]

आज़ाद : मगर इस ज़माने में डिवोशन को कौन समझेगा बंसीलालजी?

बंसीलाल : जी, सच कह रहे हैं। यह नक़्क़ालों का ज़माना है। हर चीज़ नकली है...

आज़ाद : असल में हम लोगों का नेशनल करेक्टर ही बिगड़ चुका है। हम देश, जाति, धर्म, विश्वास किसी चीज़ की चिन्ता नहीं करते, सिर्फ अपना उल्लू सीधा करते रहते हैं...

बंसीलाल : (चौंककर) जी?...जी हां, जी हां।

आज़ाद : अभी हाल में मैंने इस बारे में एशियन मौरल सोसायटी में एक लेक्चर दिया था। मैंने बताया था कि मौरल क्या है और इम्मौरल क्या है, यह हमको समझना होगा। तब हमारा नेशनल करेक्टर बनेगा। नेशनल

करेक्टर से देश बनते हैं।

बंसीलाल : जी।

आज़ाद : आप चाहें तो वह स्पीच आपको छपने भिजवा दूं?

बंसीलाल : क्यों नहीं? ज़रूर भिजवा दीजिए साहब! जन-जागृति इसी तरह होगी।

आज़ाद : हः-हः-हः ...

उमा : हिः-हिः-हिः...

बंसीलाल : हे-हे-हे...वाह साहब!

वृद्ध-1 : शर्मा बाबू! ...

वृद्ध-2 : हैं?

वृद्ध-1 : ही-ही-ही...विकल्प।

वृद्ध-2 : हैं-हैं-हैं...नेशनल करेक्टर।...

[दोनों वृद्ध हंसते हैं।

महंगे कक्ष की रोशनी बन्द हो जाती है। सस्ते की जलती है। दोनों वृद्ध उधर पहुंचते हैं। शंकर और विकास बैठे हैं।]

विकास : (सिगरेट सुलगाते हुए) सरकारी अस्पताल का डॉक्टर क्या कहता है?

शंकर : (बीमार हालत) कहता है—एक्स-रे करवा लो। (खांसते हुए) उसे उसे टी० बी० का शुबहा है।

विकास : तो करवा लो। (चिन्तित स्वर में) तुम्हारी बीमारी बहुत बढ़ चुकी है।

शंकर : फिर डॉक्टर कहेगा कि...दवाएं लाओ। (हंसने की कोशिश करता है, पर हंसी नहीं आती। खांसी के कुछ ठसके आते हैं। हांफने लगता है।)

विकास : अरविन्द ने बतलाया था कि तुम्हारे थूक में खून आने लगा है। एक वक्त खाना और सिगरेटें धौंकते रहना—तुम मरना क्यों चाहते हो शंकर?

शंकर : (हंसता है) तो मैं जी भी कहां रहा हूं?

विकास : कितनी बार तुमसे कह चुका हूं, मेरे साथ चलो। मैं तुम्हारा इलाज करवाने को तैयार हूं।

शंकर : नहीं विकास! मैं... मैं तुम्हारे प्यार का आभारी हूं, पर मुझे इस परीक्षा में मत डालो। हो सकता है कि मेरा शरीर तुम्हारी कृपा से ठीक हो जाए, पर आत्मा...नहीं-नहीं, मुझे शरीर से मरना पसन्द है दोस्त, पर आत्मा से नहीं।

विकास : (क्रोधित होकर) तुम्हारी इच्छा! मरो! ...

शंकर : (स्नेहल स्वर में) नाराज़ मत हो विकास! मैं तुम्हारा अपमान नहीं कर रहा हूं, सिर्फ सच कह रहा हूं।

विकास : (उखड़े हुए स्वर में) तो मैं भी कहां झूठ कह रहा हूं? ये अपने-अपने सच हैं।

शंकर : (उठते हुए) शायद...

[शंकर खांसता हुआ बाहर चला जाता है। विकास सिगरेट धौंक रहा है। वाणी और दुबे प्रवेश करते हैं।]

विकास : आओ-आओ दुबे! बैठो वाणी!

[वे खड़े ही रहते हैं।]

वाणी : (उग्र स्वर में) यह सब मैंने क्या सुना है विकास?

विकास : (लापरवाही से सिगरेट पीते हुए) क्या?

वाणी : प्रवीर की जो फोटो मैंने तुम्हें दी थी, उसकी कॉपियां करवाकर तुमने बेची हैं?

विकास : (हंसकर) तो इसमें क्या हुआ? प्रवीर की फोटो की लोगों को ज़रूरत थी—मैंने उन्हें बिक्री कर दिया। फिर लागत भी तो खर्च की है। तुम क्या समझती हो वाणी, फोटो एनलार्ज करवाने और कई कॉपियां बनवाने में कुछ खर्च ही नहीं आता?

वाणी : (घृणा से) बहुत शर्म की बात है विकास!

[विकास निर्लज्जता से हंसता है।]

दुबे : (घृणापूर्वक) इस घटिया आदमी के मुंह लगने से क्या फायदा वाणी, जिसमें मौरल्टी नाम की कोई चीज़ ही नहीं है।

विकास : (ज़्यादा तेज़ ठहाका मारकर उठ पड़ता है। दुबे के करीब मुंह लाकर व्यंग्य से बुदबुदाता है) मौरल क्या होता है डीयर? ...किस बाज़ार

में मिलता है? इण्डियन मेड है या इम्पोर्टेड?

दुबे : शटअप! (दूर हट जाता है।)

विकास : (खुद भी पीछे हटता है) हां-हां। बिलकुल ठीक है। रोग लग जाएगा। इम्मौरल होने का रोग। मगर एक बात है दुबेजी, कहां-कहां तक बचोगे? किस-किससे बचोगे? यह रोग अगर मेरे अन्दर है, तो तुम्हारे अन्दर भी तो है! ...बोलो, नहीं है? फर्क यह है कि मेरा रोग—ए है, तुम्हारा—बी है।

दुबे : कोई स्साला कह के तो देखे! मैंने क्या किया है?

विकास : क्यों, इतनी जल्दी भूल गए? टेबल पर छुरा रखकर नकल तुमने की थी या मैंने?

[दुबे शर्म से चेहरा झुका लेता है।]

विकास : (ठहाका मारकर हंसता है) झेंपों मत भइया, यह सब चलता है। सब मौरल है! छुरा रखकर नकल करना, गाइड प्रोफेसर के घर सब्ज़ियां पहुंचाकर पी० एच-डी० करना, नौकरी के लिए वाणी से प्यार करना...

दुबे : खामोश!

विकास : क्यों खामोश रहूं? ...किसलिएर हूं? ... हमाम का शीशा तोड़ डालने से आदमी नंगा नहीं रहेगा क्या? बतलाओ, झूठ कह रहा हूं मैं? वाणी से प्यार करने के पीछे

क्या तुम्हारा यह इरादा नहीं है कि वाणी के पिता, जो एडीशनल कलेक्टर हैं, तुम्हें किसी जॉब पर चिपकवा देंगे? बोलो, नहीं है यह असलियत?

दुबे : (बगलें झांकता हुआ) तुम जैसा गिरा हुआ आदमी सब कुछ बक सकता है।

विकास : (व्यंग्य से हंसते हुए) मैं गिरा हुआ हूं तो गिरा रहने दो। तुमसे तो नहीं कहा कि भैयाजी, ज़रा हाथ पकड़कर उठा लेना?

वाणी : विकास, तुम्हें इस तरह की भद्दी बातें नहीं करनी चाहिए।

विकास : तो समझाओ अपने फरहाद को, मेरे मुंह न लगे। मैं सारी मौरल्टी जानता हूं।

दुबे : (कतराता हुआ) चलो वाणी, किसी और रेस्तरां में चलेंगे। मैं समझता था कि यह दोस्तों के मिलने की जगह है, पर...

विकास : मैं भी तुम्हारा दुश्मन नहीं हूं दुबे, सिर्फ सच कह रहा हूं। इसलिए कि तुमने मेरा कोढ़ उजागर कर दिया है। इसलिए कि तुमने मौरल्टी नाम की एक ऐसी हवा उछाल दी, जो इस देश के आसमान में नहीं पाई जाती।

दुबे : तुमने हमारा अपमान करने की कोशिश की है विकास! आज से मेरे और तुम्हारे कोई सम्बन्ध नहीं हैं...

विकास : (सिगरेट सुलगाकर टहलने लगता है) कड़वी बात कड़वी ही लगती है दुबे, पर यही कड़वापन सच है। इस सच के बजाय झूठ की वहमी मिठास में रहना छोड़ दो।... सच यह है कि हम हर समझौता करके जीना चाहते हैं। मैंने अपने जिगरी दोस्त प्रवीर की मां के लिए सहायता-चन्दा इकट्ठा करके खा लिया है, पर मैं अब भी अपने-आपको गनीमतहाल समझता हूं। कम से कम मैंने इस देश के मुनाफाखोरों की तरह खाने की चीज़ों में ज़हर मिलाकर तो पैसा नहीं कमाया? मैंने प्रवीर की फोटो बेची, फोटो में लागत लगाई—क्या गुनाह किया? मैंने बुढ़िया के नाम पर चन्दा कमाया, घर-घर गया, तीन दिनों से भटक रहा हूं—अगर आधा चन्दा खुद खा लिया तो कौन-सा अपराध किया?

वाणी : (हैरान होकर) तुम? ...तुम अपनी गलत हरकतों पर आदर्श का मुलम्मा चढ़ा रहे हो विकास? आश्चर्य की बात है!

विकास : बेशक चढ़ा रहा हूं और तुमसे कह रहा हूं। मुझमें और लोगों में यही फर्क है कि मैं कह रहा हूं...दूसरे सिर्फ मुलम्मा चढ़ाए रहते हैं। वे नहीं कहते कि किसी तरह की नारेबाज़ी का मतलब होता है, असल में किसी कुरसी

पर पहुंच जाना। वे नहीं बतलाते कि किसी आन्दोलन के पीछे उनका असली मकसद अपनी राजनीतिक महत्ता बनाए रखना होता है। वे नहीं बतलाते कि बार-बार तरह-तरह की चौंकाने वाली बातों का मतलब होता है, असली मुद्दे से लोगों का दिमाग हटाए रखना। (आवाज़ धीमी करता है।) वे नहीं कहते। वे चुप चोर हैं और मैं? ...मैं बड़बोला चोर हूं।

[वाणी और विकास सहमे रहकर एक-दूसरे को देखते रहते हैं।]

विकास : इसलिए मेरे भाई, सब जायज़ है। यह भी जायज़ है कि मैं तुमसे उधार लेकर खा जाऊं, और यह भी जायज़ है कि मैं समाजवाद का नारा लगाऊं और चुपके से किसी मिल-मालिक से पैसे उगाह लूं, और यह भी जायज़ है कि मैं शराब पीकर गीता पर भाषण करूं। सब जायज़ है।... सब मौरल। (वाणी के करीब चेहरा लाकर) वाणी, सच बताओ, क्या यह मुमकिन है कि किसी आग में जलते हुए आदमी से मल्हार गाने की उम्मीद की जाए?

[वाणी और दुबे निरुत्तर हो गए हैं। विकास सिगरेट सुलगाकर थका-सा बैठ जाता है।]

वृद्ध-1 : शर्मा बाबू, क्या खयाल है?

वृद्ध-2 : खयाल किसकी तरह बतलाऊं? अपनी तरह या इसकी तरह?

वृद्ध-1 : यानी इन हालातों के लिए विकल्प भी अपनी-अपनी तरह हो गए हैं?

वृद्ध-2 : लगता तो ऐसा ही है...

वृद्ध-1 : यह तो अराजकता हुई?

वृद्ध-2 : नहीं, विकल्पहीनता।

वृद्ध-1 : वह कैसे?

वृद्ध-2 : इन विकास बाबू को मालूम ही नहीं कि आग में जलते हुए लोग मल्हार नहीं गा सकते, पर इनकी आगपर दूसरे मल्हार गा सकते हैं।

वृद्ध-1 : किस तरह?

वृद्ध-2 : आओ, दिखाऊं।

[दोनों वृद्ध महंगे कक्ष की ओर जाते हैं। सस्ते हिस्से में रोशनी गायब हो जाती है। कुरसी पर आज़ाद टिके हुए हैं। बंसीलाल उनकी फोटो खींच रहे हैं।]

बंसीलाल : (कैमरे पर आंख टिकाए हुए) हं, ज़रा दायें को...थोड़ा...(आज़ाद मुड़ता है।) नहीं-नहीं, बस...इतना नहीं...बस, ठीक है। (कैमरा क्लिक करके आराम से बैठ जाता है। आज़ाद उठकर टहलने लगता है।

आज़ाद : हां-आं...तो कहां तक लिखा था?

बंसीलाल : (टेबल पर रखे कागज़ पढ़ता है) हमार प्रतिनिधि द्वारा। प्रसिद्ध जन-नेता और विधायक श्री मुरलीधर आज़ाद ने हाल में प्रवीर की शहीदी को लेकर अपना वक्तव्य प्रसारित करके कहा है कि कुछ टुटपुंजिए दल प्रवीर की मृत्य पर अपना उल्लू सीधा कर रहे हैं। उन्होंने कहा है कि श्री भारद्वाज ने जिस तरह की घोषणाएं की हैं, वे जनता को भड़काकर व्यर्थ ही गड़बड़ी फैलाने का सुनियोजित षड्यंत्र हैं... (कागज़ रखते हए) आगे लिखवाइए...

आज़ाद : (सोचते हुए) हूं...तो लिखिए...

बंसीलाल : (कलम निकालकर) जी!

आज़ाद : आज जब देश सैकड़ों समस्याओं से घिरा हुआ है, तब ऐसी ओछी हरकतों से न केवल जनता को कष्ट होगा, अपितु...(सोचते हुए) ज़रा सोचिए बंसीलालजी, यहां चोटमारू चीज़ क्या आ सकती है?

बंसीलाल : अपितु...(सोचते हुए) अपितु...अपितु देश की सुरक्षा खतरे में पड़ जाएगी।

आज़ाद : ठीक।...लिखिए—श्री आज़ाद ने... (बंसी-लाल के पास आकर) एक आइडिया है बंसीलालजी...

बंसीलाल : (लिखते हुए—तन्मयता से बड़बड़ाता जाता

है) एक...आइडि...या... है-ऐ...

आज़ाद : (झुककर बंसीलाल की कलम पकड़ते हुए) अरे भाई, स्टेटमेंट में नहीं, तुमसे पर्सनली बात कर रहा हूं...

[बंसीलाल खिसियाई हंसी में हंसकर रह जाता है।]

बंसीलाल : ओह! ... मैं समझा था कि...हैं-हैं-हैं...

आज़ाद : मैं सोच रहा हूं, ऐसी सेंटीमेंटल बात मारूं कि स्साले भारद्वाज के होश उड़ जाएं...

बंसीलाल : जी..जी हां, ऐसा ही करना चाहिए।

आज़ाद : (सोचते हुए—ऊपर की ओर मुंह उठा लेता है) हां-आं...लिखिए। (चहलकदमी करने लगता है।) अपने मार्मिक और ओजस्वी विचार व्यक्त करते हुए...

बंसीलाल : करते हुए-ए-ए...

आज़ाद : वक्तव्य में आगे कहा गया है कि जिन पुलिस अधिकारियों को प्रवीर-कांड में दोषी पाया जाता है, उन्हें अविलम्ब मुअत्तिल किया जाना चाहिए...

बंसीलाल : (आश्चर्य से) मगर आज़ाद साहब, वह पुलिस अधिकारी तो आपका रिश्तेदार होता है...

आज़ाद : (सरल हंसी के साथ) बिलकुल होता है; पर राजनीति में रिश्तेदारी नहीं, वक्त देखा जाता है बंसीलालजी! (गंभीर होकर) और आप

तो जानते ही हैं...मैं सिद्धांत के लिए रिश्तेदार तो क्या, अपने बेटे को भी कुरबान कर सकता हूं।

बंसीलाल : जी हां, सत्य है। सिद्धांत, सिद्धांत है। रिश्तेदार, रिश्तेदार है।

आज़ाद : (गंभीरतापूर्वक) तो...आगे लिखिए। क्या लिखा है आपने?

बंसीलाल : जी! (अधूरी बात पढ़ता है।) दोषी पाया जाता है, उन्हें अविलम्ब मुअत्तिल किया जाना चाहिए...

आज़ाद : हां...(सोचते हुए) यह भी कहा है कि हमारा कर्तव्य यह नहीं है कि हम ऐसे अवसर पर हड़ताल, जुलूस या नारेबाजी करके नगर प्रशासन को ठप्प कर दें, बल्कि हमारा कर्तव्य इस अवसर पर यह होना चाहिए कि हम मृत छात्र के परिवार...

बंसीलाल : उसकी तो मां है सिर्फ?

आज़ाद : अरे, तुम लिखो यार! स्टेटमेंट की एक लेंग्वेज़ होती है। लिखो।

बंसीलाल : जी।

आज़ाद : के लिए कुछ करें। (रुकता है।) लिखो— श्रीआज़ाद ने इस हेतु एक योजना भी बनाई है। उन्होंने...क्या नाम है तुम्हारे अखबार का?

बंसीलाल : दैनिक हड़कम्प।

आज़ाद : हां, दैनिक हड़कम्प...तो आगे लिखो। उन्होंने दैनिक हड़कम्प को एक भेंट में अपनी योजना का विवरण देते हुए बताया है कि जल्दी ही नगर में एक सार्वजनिक सभा करके शहीद प्रवीर की माता का सार्वजनिक अभिनन्दन किया जावेगा। उस माता का, जिसने प्रवीर जैसा अहिंसाप्रिय और सिद्धांतवादी पुत्र-रत्न पैदा किया। ऐसी माता निश्चय ही अभिनन्दनीय है। इस अवसर पर प्रवीर की माता के लिए नगरवासियों की ओर से एक थैली भी भेंट की जाएगी।

बंसीलाल : ...की जाएगी-ई...

आज़ाद : बस। (बैठ जाता है।)

बंसीलाल : वाह-वाह!...वह मारा!...भारद्वाज का स्टंट चौपट समझिए। इसे कहते हैं पॉलिटिक्स! वाह-वाह! भगवान् की कसम, अब मुझे विश्वास हो गया है आज़ाद साहब! आप केबिनेट में घुसकर ही रहेंगे।

आज़ाद : (मुसकराते हुए) अरे भाई, जन-सेवा का मोह है मुझे। कुरसी का मोह करने वाले कोई और होंगे। विरक्त होकर जीने का अपना ही मज़ा है।

बंसीलाल : सच है साहब! सच है!

वृद्ध-1 : सुना शर्मा बाबू? ... मोह?

वृद्ध-2 : नहीं भाटियाजी—विरक्ति।

वृद्ध-1 : अभिनन्दन?

वृद्ध-2 : नहीं, थैली।

[दोनों वृद्ध हंसते हुए सस्ते कक्ष में पहुंचते हैं। महंगे की रोशनी गायब हो जाती है। शंकर और विकास बैठे हैं।]

शंकर : दुबे ने ठीक नहीं किया। (खांसता है।)

विकास : तुम वाणी के लटक जाने की बात कर रहे हो शायद?

शंकर : हां, कितनी बुरी बात है! महीनों तक दुबे उससे प्यार का नाटक रचाता रहा, सिद्धांत की दलीलें देता रहा और...प्यार...

विकास : यह प्यार किस शेप की चोज होती है यार? मैंने मार्केट में देखी नहीं।

शंकर : तुम प्यार नहीं समझोगे।

विकास : (हंसता है) प्यार? ...बेशक मैं नहीं समझता हूं, पर इतना समझ सकता हूं कि दुबे ने जिस लड़की से शादी की है, उसके नाम बहुत बड़ी जायदाद है। अब पट्ठा ठाठ से इम्पाला में बैठेगा, मज़े करेगा।

शंकर : थू ऐसी इम्पाला पर! ... सिद्धांत भी तो कोई चीज़ होती है। दुबे खुद भी बहुत सिद्धांतवादी...

[विकास इतनी ज़ोर से हंसता है कि शंकर की बात अधूरी रह जाती है।]

शंकर : तुम हंस क्यों रहे हो?

विकास : इसलिए कि तुम्हारी सीधी-सादी बात में सिद्धांत घुस आया है। ऐसे ही, जैसे अच्छा-खासा गीत गलत म्यूज़िक के कारण खराब हो जाता है। (पुनः हंसता है।)

शंकर : (जोर से खांसी आती है। सीना मसलते हुए) क्या बकते हो यार! वाणी के साथ ज़्यादाती हुई है और तुम मज़ाक कर रहे हो!

विकास : मैं मज़ाक नहीं कर रहा हूं शंकर, ठीक कह रहा हूं। वाणी भुलावे में थी। बच्ची। उसने प्यार को सीरियसली लिया, रोटी को नॉन-सीरियसली। दुबे समझदार था।... मैंने तो वाणी को पचास बार समझाया था कि वाणी, दुबे आदमी नहीं है, खाली डब्बा है। माल भर दोगे तो वज़नी होकर जहां रखा है, रखा रहेगा...वरना उसे ढुलकना तो था ही। आज नहीं, कल...पर वाणो नहीं समझी। न जाने किस मोह में फंसी रही। गलती दुबे की नहीं, वाणी की है।

शंकर : तुम एक गलत हरकत का समर्थन कर रहे हो विकास!

विकास : तो मेहरबानी करके मुझे उस आदमी के पास ले चलो, जो सही का समर्थन करता हो। मैं देखना चाहता हूं कि वह जीव कैसा होता है!

(हंसता है।)

[शंकर हांफते हुए जैसे-तैसे बोल पा रहा है।]

शंकर : तुम्हें मालूम है, दुबे ने वाणी को सेक्सुअली भी एक्सप्लॉयट किया? कितनी कमीनी हरकत! इसके बाद से वह स्साला मेरे सामने नहीं आया है, वरना बताता कि... (ज़ोर-ज़ोर से हांफता है। उसके चेहरे पर भयानकता उभरती है।)

विकास : यह मामला कमीनेपन का नहीं, मूर्खता का है और मूर्खता दुबे की नहीं, वाणी की है।

शंकर : तुम तो बिलकुल ही गिर चुके हो विकास! तुम जैसे लोग जी कैसे लेते हैं, मैं यही नहीं समझ पाता।

विकास : (हंसते हुए) हम जैसे ही जी पाते हैं प्यारे-लाल, और हमारी ही तरह जीना सीखो, फायदे में रहोगे।

[शंकर ज़ोरों से हांफने लगता है। खांसी का निरन्तर क्रम। वाणी आ जाती है। झल्लाते हुए एक बार विकास को देखती है, जो शंकर की दशा से लापरवाह होकर निश्चिन्त बैठा हुआ सिगरेट पी रहा है। वह शंकर की पीठ सहलाने लगती है।]

शंकर : (सम्हलते हुए) परेशान मत हो वाणी... हं-

हं-हफ्फ... मैं... मैं ठीक हूं।

वाणी : वेटर! वेटर!

[शंकर उसी तरह खांसता और हांफता हुआ निढाल-सा होने लगता है। वेटर आता है।]

वाणी : एक गिलास पानी ला।...जल्दी! ... (फिर विकास की ओर मुड़कर घृणा से) तुम्हें शर्म आनी चाहिए विकास! तुम देख रहे हो कि शंकर...

विकास : मरने वाले को कोई नहीं रोक सकता वाणी! यह टी० बी० हमारी दी हुई नहीं है, इसने खुद ली है...हम क्या कर सकते हैं?

वाणी : कम से कम इतना तो कर ही सकते हो कि जब हालत देख रहे हो, तब इसे करीब आकर सांत्वना दो।

विकास : मैं न तो अनरियलिस्टिक बात करता हूं, न काम करता हूं। (सिगरेट का गुल झाड़ते हुए। शंकर उसी तरह बेदम कुर्सी पर सिर ढुलकाए हुए है। वाणी उसकी दशा से चिन्तित है।) यह यहां नहीं मरा तो होस्टल में पहुंचकर मर जाएगा। आज नहीं मरा तो कल मर जाएगा। इसे लेकर परेशान होना बेकार बात है।

वाणी : विकास, तुम कमीने हो! ज़लील! ...

[विकास हंसता है। वेटर पानी लाता है।

वाणी शंकर को पानी पिलाती है।]

शंकर : (हांफते हुए) वाणी, यह ठीक कह रहा है। मैं... मैं यहां नहीं मरा तो वहां मर जाऊंगा। आज नहीं मरा तो कल मर जाऊंगा। बस, मुझे अफसोस एक ही बात का है कि मैं... काश ! मैं इस व्यवस्था की ज़िम्मेदार भीड़ में से किसी एक को मार सका होता ! ...किसी एक को खत्म कर सका होता!

[विकास हंसने लगता है। वाणी गंभीर हो गई है।]

वृद्ध-1 : इस व्यवस्था का ज़िम्मेदार कौन है शर्मा बाबू?

वृद्ध-2 : शायद आज़ाद साहब...

वृद्ध-1 : नहीं, शायद बंसीलाल जैसे पत्रकार...

वृद्ध-2 : नहीं, उमादेवी जैसी समाज-सुधारिका...

वृद्ध-1 : विकास और दुबे जैसे छात्र...

वृद्ध-2 : भारद्वाज किस्म के नेता...

वद्ध-1 : यानी सब हैं ज़िम्मेदार?

वृद्ध-2 : भीड़ है ना—पूरी भीड़।

[विकास हंस रहा है।]

शंकर : (दम उखड़ रहा है) सचमुच मुझे लगता है कि मेरी मौत व्यर्थ हो रही है। मुझे कम से कम एक ज़िम्मेदार को खत्म कर डालना था।...

विकास : तो तुम बहुत पहले मर जाते शंकर! फांसी पर लटककर।

वाणी : इस तरह की बकवास मत करो विकास!

शंकर : इसे बोलने दो। यह झूठ नहीं कह रहा है। (विकास की ओर मुड़कर) बेशक मुझे हत्या करने पर फांसी ही होती विकास...पर एक सन्तोष भी होता कि मैं झूठी, धोखेबाज़ और सड़ी-गली व्यवस्था की कुछ न दीमक साफ करके जा रहा हूं...

[शंकर को ज़ोर से खांसी आती है और नाम वह बुरी तरह हांफता हुआ कुरसी पर लगभग झूलने-सा लगता है।]

वाणी : धीरज से काम लो शंकर! ...हिम्मत रखो। हत्या इन हालात का विकल्प नहीं हो सकती। न अराजकता किसी लक्ष्य पर पहुंचा सकती है...

[शंकर चौंककर ज़ोर-ज़ोर से हांफता हुआ वाणी को क्रोधित दृष्टि से देखने लगता है।]

शंकर : (बड़बड़ाता है) विकल्प? ...तब क्या है विकल्प? इस अंधेरे माहौल से छुटकारे का रास्ता क्या है? (अचानक वह लड़खड़ाता हुआ उठता है और वाणो के कन्धे पकड़कर ज़ोर से हिला डालता है।) तुम बताओ वाणी,

क्या है रास्ता? .. सचाई? ... ईमानदारी?... धीरज?...प्यार?... विश्वास?...

वाणी : (सांत्वना देते हुए) शंकर, हिम्मत से काम लो शंकर...

शंकर : झूठ! ...सब झूठ!

वाणी : (आकूल स्वर में) शंकर! ...

शंकर : (उसी तरह आवेश में हांफता हुआ बोलता जाता है) सब झूठ है। अधिकार और न्याय की मांग करते हुए प्रवीर कुत्ते की मौत मारा गया। विकास जैसे दोस्त ने उसकी लाश बेची। नेताओं ने पब्लिसिटी कमाई, मोहरे बिठाए। समाज-सुधारकों ने चन्दों से हवेलियां खड़ी कीं। उसकी बुढ़िया भूखी मर रही है।... तुम्हें...तुम्हें दुबे ने प्यार के चरके दिए।...तुम्हारा जिस्म लूटा।...

[शंकर को ज़ोर से खांसी आती है। वह लड़खड़ाता है। वाणी उसे सम्हालने की कोशिश कर रही है।]

शंकर : और सब खामोश हैं।...निश्चिन्त। ऐसे, जैसे कुछ हुआ ही नहीं है। सब ठीक चल रहा है।...

वाणी : (सम्हालते हुए) शांति से काम लो शंकर... प्लीज़!

शंकर : (खांसते हुए व्यंग्य से हंसता है) और वाणी!

... मैं मर रहा हूं।... स-ब् जी रहे हैं...सिर्फ मैं मर रहा हूं।... बताओ, वाणी—यह क्यों हो रहा है? कैसे हो रहा है? ...

[वाणी सहमी हुई खड़ी है।]

शंकर : (जोरों से खांसता हुआ) बताऊं? ...मैं बताऊं—मैं क्यों मर रहा हूं? ...इसलिए कि मैं सचमुच हालात का विकल्प खोज रहा था... मैं पागल! ...(अचानक लड़खड़ाकर गिर पड़ता है।)

[विकास चौंककर उठ पड़ता है।]

वाणी : शंकर! ... (झुककर देखती है।)

[शंकर मर चुका है। केवल विकास और वाणी देखते रह जाते हैं। निगाहों में भय और निराशा।

बैकग्राउण्ड से शोक-संगीत की धीमी स्वर-लहरी।

शंकर, वाणी, दुबे—फ्रीज़ हो जाते हैं। स्टेज पर दोनों वृद्ध सक्रिय]

वृद्ध-1 : प्रवीर और अब शंकर!

वृद्ध-2 : विकल्प का दूसरा खोजी भी खत्म हुआ।

वृद्ध-1 : नहीं शर्मा बाबू, शंकर मरा नहीं है। ज़रा सोचिए...शंकर मरा नहीं है।

वृद्ध-2 : हां...(एक गहरी सांस लेता है।) शायद शंकर नहीं मरा है। वह जी रहा है। किसी और नाम

से, किसी और जगह, किसी और मकान, गली, रेस्तरां या गांव में...

दोनों वृद्ध : ज़रा सोचिए, क्या हम उसकी भी मौत का इंतज़ार करेंगे?

[धीमे-धीमे रोशनी गुम होती है।]

[परदा गिरता है।]

• • •